DADOS PESSOAIS

NOME: Yasmin — Aliás, por que meu nome é Yasmin?
APELIDO: Iviô (foi a Becca que deu)
ENDEREÇO: rua dos bobos número zero
CEP: ?   CIDADE: zoada   ESTADO: pensativa
TELEFONE: não dou
E-MAIL: odeio spam
BLOG: escrevo na minha agenda
DATA DE NASCIMENTO: 1º de abril
IDENTIDADE: secreta   CPF: não decorei
ESCOLA: tô indo!
ENDEREÇO: é perto, mas não posso ir sozinha ainda
FILIAÇÃO
PAI: papis
MÃE: mamis
IRMÃOS (AS): Becca
ÓCULOS: 👓   ALERGIA: alegria
GRUPO SANGUÍNEO: esqueci   FATOR RH: que será isso?
EM CASO DE URGÊNCIA, AVISAR: papis e mamis
TELEFONE: tá no celular
OUTROS DADOS: já chega!

CB051548

Este é o livro que estou lendo agora.

02 de maio de 1958: "Eu não sou indolente. Há tempos eu pretendia fazer o meu diário. Mas eu pensava que não tinha valor e achei que era perder tempo."

Carolina Maria de Jesus (em Quarto de despejo)

Para todas as crianças encantadoras do PIÁ (Programa de Iniciação Artística); e um beijo especial para as turmas das Bibliotecas P. José de Anchieta (Perus), Érico Veríssimo (Taipas) e Chácara do Castelo (Ipiranga). **Marcelo Jucá**

Para Nino, Lia e Marcelo:
Meus três pontos de interrogação, de reflexão, de amor. **Raquel Matsushita**

É mais que um pano para vestir. É uma identidade.

O QUE PEGAMOS EMPRESTADO DOS OUTROS

MARCELO JUCÁ
RAQUEL MATSUSHITA

JANEIRO

kapulana editora

2019

Mas aquilo era tão óbvio.
– A gente tem que guardar o pão de forma dentro da geladeira! – disse com toda certeza, Thiago.
– Eca! Lá em casa não guarda, não – devolveu Cauã.
– Come pão estragado, então!
– Nada a ver. Você que come sorvete de pão! Sorvete de pão. SORVETE DE PÃO!
– Sai pra lá, ô coisa nojenta! – riu o garoto.
– Owww!, até que deve ser bom. Com chocolate então! – e lambeu os lábios exageradamente.

Na frente dos dois, com o corpo meio tombado no muro da escola e torturando um chiclete sem gosto, estava Yasmin, esperando o pai chegar para buscá-la.
Esperando.
Esperando.
Esperando.
Esperando.
Esperando.
Esperando.
Esperando.
Esperando.
Esperando.
Esperando.

Bisbilhotava diferentes direções, procurando distrações para saciar o tempo e desacelerar a fome.

Tinha uma atenção de peneira, por isso espiava curiosidade em todos os vazios de uma só vez.

Corria o olho e escorria a pálpebra.

Leu o prato do dia na placa no restaurante em frente.

(Aliás, é "calabreza" ou "calabresa"?).

No Bom Prato do lado onde de vez em raro comia não tinha nem calabreza ou calabresa.

Yasmin sentiu o sol forte esquentar os seus cabelos e descer até a raiz. Encarou a gravidade e de toda forma preferiu que o tempo permanecesse daquele jeito, mesmo que ela estivesse quase virando gelatina.

(Aliás, ela descobriu como é feita gelatina e ficou com o estômago embrulhado).

Suas mãos transpiravam um pouco pelo calor e um pouco porque o corpo era assim.

Três rapazes subiam e ela notou que eles vestiam regatas e bonés.

Eles mexeram com gritinhos e gargalhadas com o jovem de calça apertada preta que descia encarando o chão e talvez – talvez – não tenha sacado por estar escutando música com uns fones bem maneiros.

"Que zoado", foi o que conseguiu pensar.

(Aliás, que música será que ele gosta de ouvir?)

Ao se perguntar isso, foi conferir o tamanho do atraso do pai.

"A bateria do celular acabou, saco."

Ali, na espera cheia de pressa, encostou o olhar nos dois colegas.

Não que isso fosse realmente interessante, foi meio que ao acaso mesmo.

(Aliás, ela precisava arranjar uma desculpa para a camiseta toda suja de tinta).

A última vez que parou para ouvir a conversa deles foi na semana passada, para tentar descobrir se o Thiago comentaria algo da irmã gêmea que estava de mudança para outro lugar bem, bem longe dali.

Foi a Larissa que fofocou. E a Jussara confirmou. E Yasmin quis perguntar se irmãos gêmeos não ficam para sempre juntos, mas desconfiou, preferiu engolir saliva e deixou para lá.

A Larissa aproveitou para fofocar mais que era por causa de um tio, ou do pai, e Jussara confirmou os dois e Yasmin ficou sem entender mais ainda.

Por isso ouvir da própria voz de carnaval de Thiago ou ver sua lágrima contar ao amigo sobre a partida da irmã seria mais confiável.

Contudo.

Sem nada.

Chance alguma em descobrir.

Eram cabeças-duras. Cabeças ocas. Dois cabeçalhos.

Não mantinham uma conversa por mais de um minuto sem começar a se provocar e se bater por coisa qualquer.

– Viu que sua letra está um garrancho?
– Eu é que vou te dar um gancho!
– Vai assoar este nariz na blusa da professora!
– Cuspo tudo em você, espere só.

E soc, pow, tum!

Mas há um segredo.

Os tapas vinham como abraços disfarçados, cheios de risos, pura marotagem.

Sendo assim, imagine só o vendaval revelar algo que dói mais que o beliscão.

(Aliás, quando se perde a vergonha em mostrar o vazio lá do peito?).

O pivete só no Naruto e Dragon Ball.

O guri só falava que o Messi é o saiyajin do futebol.

"Tenho a impressão que esses dois falam sempre da mesma coisa. Será possível? É irritante. Alguém devia, devia... se anunciam o fim do mundo agora, eles vão falar sobre isso?"

A fome é capaz de alterar o humor (e o bom-senso) das pessoas.

Não é que os dois garotos fossem maus exemplos...

Só um pouco tico e teco mesmo.

Bastava certa paciência que em Yasmin faltava somente quando estava com fome.

Yasmin ruminava só seus pensamentos.

"Chega logo, pai, chega."

"Que será, ele nunca atrasa."

"Que barulhão, essas maritacas devem estar com fome."

"Será que me mandou zap-zap?"

– Pão de forma dentro da geladeira!

"Hein?"

"Que zoado."

A novidade dos amigos fisgou a atenção de Yasmin, que ficou, ficou, ficou, ficou a borbulhar naquela estranheza.

Ela até ficou com vontade de chegar perto e lhes perguntar se achavam que sorvete de pão seria mais interessante como lanche da tarde ou sobremesa, mas deixou para lá. Em questão de números de calças curtas os garotos já haviam pulado a discussão e iniciado um novo round a rir e se estapear por conta de outro assunto.

Redirecionou os olhos e espreitou como era de bom grado ela também mudar de assunto e encontrar de vez a melhor desculpa para sua camiseta imunda de cores.

Talvez Yasmin tivesse o dom da premonição, pois já podia ouvir os pais reclamando a respeito. Reclamando.

Esbravejando.

Espumando.

Ai, o chinelo.

E ela lá de cabeça baixa, como se procurasse formigas, aguardando a hora certa para dizer que a culpa foi do Nicolas, aquele peste, mais atrapalhado que um peixeboi com sono.

Só que depois de ouvir aquele papo dos colegas, sua cabeça saiu como maritaca para o ninho a lembrar onde os pais guardavam o pão.

"O cheiro da chuva de março é o mesmo que o da de julho?", a Yasmin outra vez se distraindo em pleno voo. Felizmente os rastros do saco de pão a lembraram que com certeza ele não estava em seu quarto e tampouco no banheiro próximo aos cabelos paraquedistas (que nojo!).

Suspeitava que os pais também não escondiam no quarto deles, pois mais certo de que as nuvens sabem ler pensamentos, é que o pai enlouquecia todos os dias (todos os dias, mesmo) por causa de migalhas no chão.

Migalha é igual
areia,
gruda no corpo
INTEIRO
E depois dá
coceira!,

declamava como um papagaio-pai-poeta antes de sair de casa para procurar trabalho ou arranjar outros afazeres a fazer.

Não que o pai fosse rabugento...
Só tinha uns desacontecimentos.

Pode acontecer com qualquer um, creia.

Além do pavor das migalhas e demais farelos, ele tinha um jeito todo próprio de sentar os copos, um lado certo de cumprimentar o papel higiênico e o modo de descansar os chinelos ao lado da porta da frente.

Ai, os chinelos.

Diz uma música que todo mundo tem piolho, remela, medo ou fome. Umas poucas palavrinhas que falam bem a verdade, mas devemos concordar também que todo mundo tem chinelo.

E na casa todo mundo tinha o seu.

O pai cuidava muito bem dos seus dois pares e os usava com frequência diária.

A irmã mais velha de Yasmin, Rebecca, achava usar chinelos pior do que viver sem internet. Mesmo no frio e o chão gelado, preferia andar descalça a calçá-los, mas era obrigada a usá-los em casa.

Obrigada.

(De nada).

Diziam que assim o pé não sujava no chão e ele "respirava" um pouco durante a noite e evitava frieira e chulé.

Hein?

Obrigada.

(De nada).

Pois é.

Yasmin tampouquíssimo gostava de chinelos. Objetivamente, preferia tênis com meia e desodorante (ela espirrava debaixo do braço e depois no pé, ué), pois seu pé suava e por isso nem sandálias lhe agradavam e com meias elas são cafonas.

Um pouco influenciada pelo poema-manifesto do pai sobre migalhas e areia, ela fez o seu próprio sobre suor enquanto sua mão rasgava a folha do caderno:

Quem tem muito suor
Fica numa pior;
Se transpirar no pé,
Cuidado com o chulé,
Se transpirar na mão,
Disfarça, senão...
É só zoeira, é piada,
E gruda e enche o saco igual migalha!

Apesar da obra-prima, ela recitou-o apenas uma vez, quase como uma reza, após repetidas vezes ter dito à mãe que não gostava de usar.
E a mãe querendo que ela usasse.
E ela repetindo que não gostava de usar.
– Vai usar porque é mais barato e aguenta mais.
– Eu cuido direitinho do tênis, não quero usar.
– Vai usar porque é o que tem.
– Vou usar outro porque dá também.
Na vez que a mãe insistia para ela usar aquela sandália amarela na festinha da fulana, com design perfeito para a suadeira transbordar e melar a sola do pé, ela rezou.
Recitou segurando firme a mão da mãe, nervosa e suada.
As mãos da mãe tinham por hábito também serem suadas mesmo quando estavam longe de uma pia. Diferente da filha, nunca deu atenção a isso, talvez porque elas estivessem quase sempre mergulhando no trabalho, talvez porque os tempos fossem outros.
Um clique faz toda a diferença.
Clique.
A mãe tomou o recado como um choque e dali em diante livrou a filha dos calçados abertos e sem meia, apesar da própria garota evitar no mesmo teto baderna entre pai e irmã e topava uma trégua (antes de dormir ela os lavava na pia do banheiro escondida.)

A mãe por sua vez gostava bastante de chinelo porque dizia ser refrescante. O sabor hortelã dos dedos a lembrava sua infância, quando brincava no chão batido de terra. Fácil de pôr, de tirar e de lavar, justificava.

Apesar de usar bastante no ir e vir do serviço e dos passeios, a mãe chegava em casa e os descalçava de acordo com a situação. Ou seja, em qualquer lugar dava para encontrar um solitário e só descobrir o par lá em outro canto. Ou, mesmo que próximos, não exatamente lado a lado, mas um de frente para o outro, um subindo no outro, essas coisas meio que de yoga.

O que ela, de jeito maneira, autorizava, suportava, silenciava, era quando via um dos chinelos, ou o par, virado de cabeça para baixo.

Era berro.
Era fogo.
Um trovão.

E saía voando com o que estivesse na mão, parava o que estivesse fazendo para distribuir bronca geral.

"Cês querem que sua mãe morra é?", berrava com os olhos esbugalhados.

O que afligia seu coração não era exatamente a desarrumação dos chinelos, e sim a crendice que aprendeu na casa dos pais, ainda quando criança, que ao deixar o chinelo virado era desejar a mãe morta.

Yasmin viu Rebecca virar sorrateiramente o chinelo de propósito algumas vezes quando a mãe ou o pai proibiam ou brigavam por algo com ela; Yasmin acabou por fazer isso também uma vez e outra, apesar de depois de alguns minutos sair correndo para desvirá-los.

(Aliás, aparentemente isso não passa de uma lenda urbana, aparentemente).

Ai, os chinelos.

Que eventualmente saíam voando como helicópteros pelos cômodos.

Cada um com sua crendice.
Cada um com sua mania.
Cada um com sua família.
Onde todo mundo tem chinelo.
Nem todo mundo tem família.
Ou será que tem?
Nesta casa com duas filhas.
E um monte de chinelos.
Agora, de uma filha:
Yasmin.
Rebecca, partiu.
(Aliás, ela deixou os chinelos).
Cuidava de si só nesse mundão.
Escolha dela partir daquele jeito.
Contra a escolha dos pais.
Yasmin nem sabia se podia palpitar, mas sabia que não tinha muita escolha senão aceitar o que acontecesse, afinal.
(Aliás, todo mundo sentia uma falta danada da Rebecca).
A cadeira vazia no café da manhã só não juntou poeira porque o pai tirou dali e guardou em seu quarto.
Yasmin lembrou-se do pacote de pão no balcão da cozinha.
Todas as manhãs, inclusive sábados, domingos e feriados, a mãe preparava um queijo quente.
Já reparou como cada casa tem um cheiro?
(Aliás, uma mistura de cheiros, de bafo + o shampoo + do fogão + suor.)
Uma porcentagem olfativa vinha daquele ttttttttttttttssssssssssssss do queijo beliscando a frigideira.
Yasmin gostava de queijo quente. E engolia com a mesma satisfação bolachas recheadas, banana ou só chocolate com leite mesmo. Revezava a cada começo para saciar a fome cada vez mais miúda. Tinha manhãs por vez e mais outra que acordava até mesmo sem fome e nem água ela queria.

Todo mundo tem fome, às vezes só se finge que não tem até acreditar.

Antigamente, Yasmin acordava com o estômago roncando como um despertador, cinco minutos adiantado em comparação ao relógio da casa, e satisfaziase sem pressa antes de sair para a aula.

Acontece que houve um período – e Yasmin não sabe exatamente o quanto durou – em que tanto o pai quanto a mãe ficaram desempregados.
Desorientados.
Acuados.
Lascados por um tempo.
Então passou.
Mais um tempinho.
E nada.
Os pais cada vez mais preocupados, mas querendo ficar ocupados e preocupados só com o trabalho.
O café da manhã começou a ficar raso.
Era caro.
Pior se ficasse raro.
Saiu o salaminho, a bolacha.

Depois voltou, mas sem a bolacha e o requeijão estava quase em quarentena (só podia molhar a pontinha da faca e tinha que espalhar bem para render mais, mas de vez em quando a Rebecca trapaceava. Yasmin também).

Até que os pais pararam de abastecer o café da manhã para eles e só as filhas beliscavam pão. Sem acordos, cochichos e explicações, as irmãs diminuíram o apetite até os dois pães adormecerem em cima da mesa, e viravam torrada para acompanhar o macarrão.

Ainda assim, o cheiro do queijo quente permanecia nas paredes da casa.

(Aliás, algum cheiro nos acompanha para sempre?).

Demorou um tempo dolorido para as coisas voltarem ao que era.

Um empresta aqui.
Um favorzinho ali.
Um ajuda peloamoordetodosnossosfilhosagentetámorrendodefome.

Então, um de cada vez, os pais conseguiram serviços e até teve uma comemoração: compraram um cereal todo cheio de energia e comeram juntos como se fosse a família urso comendo mingau.

Mas os estômagos já estavam acostumados a pouco ou nada pelas manhãs, por isso desde então tinha vezes que ela acordava sem fome.

Acostumou.

Igual acostumou com o cheiro do córrego de esgoto cada vez mais cheio.

Igual acostumou com os apagões.

Igual acostumou com os rojões.

Igual acostumou com as sirenes.

Ainda não havia se acostumado com a falta da irmã.

(Aliás, a gente conseguir se acostumar com todo tipo de desgraça é bom ou ruim?)

A cabeça ioiô no ninho bicando o pacote de pão no balcão.

Deu toda essa volta, essa cambalhota para descobri-lo no canto mais óbvio e simples, nada escondido, completamente exibido, estrondoso para ser devorado.

(Aliás, que não era dentro da geladeira).

Nada de sorvete de pão em casa, outrora pode se pensar em colocar apenas um pouco do miolo no freezer e inventar qualquer coisa. De repente molho de tomate e assim se tem pingos de pizza congelada que derretem na boca. Ora, essa é uma ideia... que puxou como cabo-de-guerra numa nova charada:

Os olhos de Yasmin não piscavam, encaravam o nada concentradamente, enxergando o que só ela podia ver dentro de sua cabeça, um passeio nos amontoados para apontar alguma outra comida que, casa sim casa não, escorregava para a geladeira ou aquietava-se fora dela.

Tomate?

Cebola?

Água?

Açúcar?

"E o ovo? O ovo nasce quentinho, depois é embalado e fica na vendinha. Mas na geladeira tem até porta-ovo! Vai entender!"

"Os alimentos de geladeira estão nas geladeiras, e os que estão fora... nossa, que zoado."

– Vamos? – o pai sempre com aquela cara serena, o riso brotando ao encontrar de novo sua filha avoada.

– Por que demorou?

– Te mandei mensagem, viu não?

– Acabou a bateria.

– Quando for assim pede emprestado o telefone de alguém e me liga, oras.

Solaram de chinelo e tênis para casa.

Uma caminhada de cerca de 20 minutos, entre ladeiras, buracos com algumas calçadas, vizinhas conversando e uma loja com salgados a R$ 1,00 (o cheiro da coxinha sempre beliscava a fome da garota) mais o suco sem gosto, mas colorido.

A mãe quase nunca ia buscá-la por conta dos trabalhos.

O pai só não ia quando estava com serviço de dia inteiro ou à procura de serviço mais para o centro.

No último ano o pai foi buscá-la praticamente todo o ano letivo.

(Aliás, ela queria voltar sozinha de vez em quando e... ainda não).

Ele escolhia as manhãs entre sair atrás de serviço ou pousar na biblioteca, ler o jornal ou navegar no telecentro, e depois buscar a filha para voltarem juntos. Desde que Rebecca partiu, ele pareceu ficar mais caseiro, por perto quase sempre rondando e rodando.

No percurso da volta os dois trocavam os acontecimentos até aquele meio do dia.

E olha que respiravam muita coisa, só quem vivia de nariz entupido não sabia.

O pai compartilhava notícias sobre a cidade, conformista com alguns acidentes ou tragédias.

Falava do país.

Gostava particularmente de mencionar as estreias do cinema, mesmo ele só tendo levado as filhas uma única vez para comer pipoca olhando a telona.

Feito o resumo dos noticiários, comentava tudo o que era importante do bairro, que não aparecia nos jornais, mas ouvia na vizinhança.

"Estar informado é importante, te ajuda bastante. Não em tudo, mas ajuda."

Ele pouco falava dele. Tinha muitas vezes também que ele ficava quieto. Não estava para papo. Dava para ver sua cabeça com um monte de motivo para isso.

Yasmin gostava de ouvir aquilo tudo, apesar de se distrair algumas vezes.

Entenda, não era nada de maldoso, apenas que um algo a encantava tanto que Yasmin plugava-se a pensar somente nisso e nos seus desdobramentos, o resto dos entornos desinteressava imediatamente. De qualquer forma, hora e outra ela voltava, às vezes sem saber do que pai estava a tagarelar, noutras disfarçava bem e se situava na situação.

As notícias que mais lhe encantavam eram aquelas curiosas como a do boi que fugiu de uma feira de agronegócio, passeou pela cidade e depois se jogou no mar em completa liberdade.

"Que incrível a história desse boi!"

"Será que ele é mais inteligente que os outros?"

"Ele elaborou um plano para fugir ou improvisou como um agente secreto?"

"Um boi sabe o que é um agente secreto?"

"Como ele se escondeu dos homens, ou ninguém percebeu que ele fugiu?"

"Quantos anos tinha o boi?"

"Ele deixou a família para trás em busca de liberdade?"

"Será que tinha uma irmã?"
"Boi toma leite? Come queijo?"
"Boi sabe qual é o cheiro do mar?"
"Ele precisava de óculos? Não tava vendo que o mar vai lá longe e pode te levar?"
"É o que dizem."
"Quando será que vou ver o mar?"
"Acho que nunca, o pai não gosta de areia. Vou ter que ir sozinha."
Então retornava de suas bolhas de sabão para a companhia do pai a qualquer instante.
A filha por sua vez também tinha seus muitos dias de muitos motivos emotivos, de ficar quietinha, se encasular, de virar ostra.
O prazer do silêncio era uma cumplicidade dos dois.
Além das balas de canela.
(Aliás, ele sempre levava uma para chuparem enquanto voltavam para casa.)
Yasmin gostava muito de ficar na sua, apenas observando, refletindo com seus olhos.
Naquela caminhada de volta porém, nem deu chance para as transmissões do pai e já emendou:
– Tem um menino da escola que guarda pão dentro da geladeira!
– Nossa! Não acredito. Bando de gente doida – disse o pai debochado.
– Por que doida?
– Essa coisa de guardar pão na geladeira é mito, é invenção besta, algo antigo.
Já até falaram que pode estragar o pão, ao invés de conservá-lo. Cê lembra que sua Tia Nini faz isso, né? Achei que ninguém mais além dela guardasse.
A memória de Yasmin foi lançada como foguete para a lembrança da última vez que dormiu na casa dos primos. Lá era um pouco estranho...

A moda pela manhã na casa da tia Nini é começar o dia com pão, presunto, ketchup e achocolatado quente.
Nessas ocasiões a mãe suava para preparar o queijo quente e o pai ficava dolorido no cafezinho (ele preferia puro e lá no coador já jogavam açúcar).
Yasmin geralmente acordava tímida da fome e só mordiscava uma bolacha sem sal. Da última vez Rebecca arrotou o copo de refrigerante que acabara de beber e ganhou elogios rasgados dos primos.
Mas e o pão?
Pois Tia Nini guardava o pão na geladeira. É um fato.
Yasmin lembrou-se do tio Beto tirando-o da geladeira com os outros ingredientes.
Parecia um saco de concreto.
Estava quase congelado (não era exagero, a geladeira era meio completamente desregulada e devia ser tão velha quanto a tia Nini. Às vezes esfriava tudo ou parecia que lá dentro era uma sauna. Rola uma história que foram necessários quatro dias para as gelatinas ficarem prontas.).
(Aliás, já falei como são feitas as gelatinas? Um nojo!).
Isso foi uma das coisas que a sua mãe reclamou na hora de fazer o queijo quente. O queijo já havia quase virado manteiga e o pão estava longe de estar morno.
"Ô, Nini, arranja outra geladeira que assim estraga tudo!", palpitou.
"Já disse Nena, já disse, o que estragou foram os apagões. Liga, desliga, liga, desliga tudo, não aguenta."
– Que zoado! Por que a Tia Nini ainda guarda na geladeira?
– Sei lá... pergunta pra ela, ué! Só sei que algumas pessoas só copiam o que aprenderam. Fazem tudo no automático, repetem sem pensar.
– É?
– Sim. E bastante. Aliás, sabe quem também guardava pão na geladeira?

– Quem? – Yasmin parecia não desconfiar.
– A sua mãe!
– A mamãe??? Que zoado!!! – espantou-se tanto que chegou a parar de andar, como se tivesse pisado no cimento fresco da calçada. Contudo, recuperou-se logo e voltou ao lado do pai depois de alguns pulinhos.
– É! Só agora que comentou que lembrei aqui. Afe, a gente discutia muito por causa disso.
– Por quê?
– Porque eu não gostava. Não via sentido naquilo. Você quer comer o pão de manhã e ele parece... sei lá o quê!
– Um sorvete de pão! – ela respondeu, aproveitando a resposta engraçada que havia ouvido dos colegas.

O pai riu e concordou que era mais ou menos isso. "Cada ideia, menina...".

Ele ainda lembrou que foram anos de muita confusão por conta das diferenças entre os dois.

Namorar quando eram jovens, escondidos, era gostoso, só que quando foram morar juntos, pelos dentes do melhor cavalo, que loucura!

"A sua mãe guardava o pão na geladeira porque a mãe dela, a sua avó Vera guardava. E ela guardava sei lá o porquê. Vai ver que alguma vizinha disse. Sua avó... ela só ia na onda dos outros. Tudo o que falavam, ela fazia... Assim como a sua tia Nini", contou revirando os olhos e coçando o nariz.

Yasmin não piscava.

Nem se distraía.

A atenção de Yasmin está concentrada por tempo indeterminado.

"Lá nos meus pais não guardava, não. Por isso foi estranho quando fomos morar juntos. A gente teve que aprender a lidar com as manias um do outro. Sua mãe cedeu algumas vezes. Noutras fui eu. Não é fácil, não, minha filha. Haja paciência!", catarrou o pai.

– Então a mamãe parou de guardar pão na geladeira por sua causa?
 – Isso mesmo. Convenci que não estragava e o pão continuava bom.
 – E o contrário? O que você fazia que irritava a mamãe? – a danada da Yasmin se daria bem fazendo interrogatórios.
 – Humm... acho que deixar a tampa da privada levantada – desconversou o suspeito.
 – Mas lá na vovó a tampa sempre está abaixada – respondeu rapidamente a filha, pegando-o de surpresa.
 – É verdade, é verdade, você tá certa! – ele finalmente confessou. – Isso é mania minha, só minha. Minhas irmãs, que o céu as tenha, me chamavam de porco e me faziam voltar para o banheiro e baixar a tampa. Coitadas...

Caminharam mais alguns passos e, em vez de olhar para a frente, a filha continuou encarando o pai, até que ele percebeu.

 – Que foi, Yasmin?
 – Você não respondeu minha pergunta!
 – Sabe, tenho uma pergunta pra você também...
 – Eu falei primeiro então você responde primeiro.
 – Ok, espertinha... Combinado. Bem, o que eu fazia na casa dos meus pais que deixava sua mãe doida? Já sei. Eu deixava acumular louça na pia. Prato em cima de prato até acabar todos os pratos do armário. Aí era uma vontade de jogar tudo fora, né?, bem mais fácil em vez de lavar, mas como não dava, tinha que lavar. E sobrava sempre pra sua mãe.
 – E quando você começou a lavar?
 – No começo sua mãe me dava uns esculachos, brigava comigo e eu brigava de volta. Era um inferno. Até que ela percebeu que precisava mudar de tática. Em vez de berrar, ela pedia com calma, conversava, me explicou. E eu ouvi, entendi e percebi duas coisas.

– Quais?
– A primeira é que não precisava gritar. Eu não funcionava daquele jeito.
Ninguém devia funcionar, só que tem gente de tudo qualqué jeito. Só que além disso, percebi que eu precisava ajudar sua mãe na casa. A partir da louça comecei a dividir as tarefas com ela. Ela me mudou. Sorte minha dela ter insistido.
– Jura?
– Juro, ué.
– Eu pensava que chegava uma hora que todo mundo começava a lavar. Tipo um alarme, sei lá.
– Não, talvez até fosse melhor assim. Ou não. Vai saber. Se for ver assim, sua mãe começou quase 15 anos antes que eu. Não é lá muito justo. Mas o que é justo nessa vida, não é?
– E o que mais aconteceu?
– Ah, percebi que é muito mais fácil lavar a louça que acabou de sujar. Pouco prato, menos sujeira. Espanta a preguiça, barata e mosquito. Uma bobeira deixar acumular por tantos dias. É nojento.
– O que mais que vocês pegaram um do outro?
– Ai, minha filha, nem sei. É tanto, mas tanto...
– Então fala mais uma!
– Antes, quando a gente se conheceu, sua mãe não dava muita bola para filmes.
Ela preferia novela. Até que aos poucos fui convencendo ela a assistir um, depois outro, e assim foi. Ela não largou a novela, mas agora adora um filme.
– Pai?
– Oi.
– E de quem a mamãe copiou essa coisa de comer queijo quente todo dia?
– Ih, Yasmin, agora você me pegou. Sabe, filha, tem coisas que são nossas mesmo, de cada um, entende?

– Como assim?
– É normal que a gente copie, imite coisas das pessoas que tamos juntos.
Começa quase sempre com os pais, né? São os "modelos". Depois os amigos, nossos heróis e assim por diante. Só que a cada dia que a gente vive a gente também passa a saber o que quer. Lembrei de uma piada. O homem entra no elevador e o rapaz responsável por apertar os botões pergunta para qual andar, e sabe qual é a resposta?
Qualquer um, já estou no prédio errado mesmo, rsrsrs.
Entendeu? A gente vai tomando nossa direção um pouco a cada dia.
Yasmin não respondeu, nem sempre se tem o que responder.
Ficou em seu silêncio.
Virou brisa.
Tudo começou com um sorvete de pão.
(Aliás, uma maluquice essa de viver junto e pegar a mania do outro, parece chiclete.)
Uma história que puxa outra lembrança, que de repente está falando de um, mas de repente de novo está falando na verdade de outro.
O pai a puxou de volta.
– Repare bem. Todos os dias pegamos muitas coisas "emprestadas" dos outros.
– Mas sempre tem que devolver, né?
Ele gargalhou.
– Ô, minha filha, não é isso que tô dizendo. Sim, tem que devolver o que pega emprestado, mas não estou falando de bicicleta, do gibi não. Falo de gostos e vontades. Manias. Coisas que achamos legais nos outros e emprestamos para nós. Algo como ser menos bravo ou mais corajoso, e até mais tolerante. Vale até para repetir a gíria dos nossos amigos, "sacou"?

"Olha só", lá vinha o pai cheio de prosa de uma pessoa só, mais didático que aqueles programas da TV Cultura.
– A gente não estava falando de que sua mãe e eu copiamos coisas um com outro, aprendemos e tal?
– Sim...
– Então! A gente pegou um comportamento "emprestado" do outro, até que virou nosso pra valer. Deu pra entender?
– Não sei...
– Sabe o que mais? Nós pega emprestado mais uma coisa. Quer adivinhar o quê? – ele sabia que a filha adorava ser provocada para descobrir a resposta da pergunta.
Yasmin gostava de uma charada.
De um desafio.
De palavra-cruzada, não.
Muito menos sudoku.
Você sabe qual é o rei dos queijos?
O Reiqueijão.
Que zoado.
Talvez a resposta para a pergunta do pai não fosse essa.
O que é, o que é?
Nada como o bom senso de vez em quando.
Yasmin preferiu ouvir do pai e balançou a cabeça para os lados.
Que cabelo bonito.
– Você já se olhou no espelho, Yasmin?
– Já, ué.
– É?! Reparou que você tem os olhos da tua mãe? É uma questão de genética, sabe? O filho pega emprestado para nascer, mas é dele também para o resto da vida.
Cê tem os olhos da tua mãe. Vivos, profundos. O formato, a cor. Só pelos olhos dá pra falar que cê é filha dela. Mas a pele e os dentes, a pele e os dentes são meus!, viu? Pele macia, caramelo Nutella. Cê não vai ter espinha não, e pode me agradecer. E nem cárie.

Dente forte, uma pedreira. Os da sua mãe, coitada, não pode beber água que dá cárie.

De vez em quanto batia um calor no peito do homem que ele parecia dragão cuspindo tudo que achava importante dizer. Nem estava atacando, falando mal de alguém, ao contrário, por levar pouco para passear os próprios sentimentos, tinha vez que eles vinham na contramão e saíam de uma vez só para tomar um ar.

– E o que mais? O que mais você me emprestou?
– Descobre, ué.
"Descobre, ué."
"Caramba."
"Olho da mãe, dente do pai, pele do pai, suadeira da mãe. O resto do corpo é metade-metade?"
Espelho, espelho meu.
Quanta charada nessa vida.
Chegaram em casa.
Aqueles cheiros.
Yasmin parou de pensar.
Só deu a falar.
– A Rebecca se parece com quem?
(Aliás, que saudade da Rebecca.)
O pai entrou.
Silêncio de panela de pressão.
Dava para ver os motivos ali na cabeça dele.
– Tá com fome?
– Muita!
– Lembra que eu tinha uma pergunta pra você também? Me responde antes de comer. O que aconteceu com sua camiseta pra ela estar toda assim?
– Droga...

Fazia sol na manhã do dia em que Yasmin nasceu.
Só que antes do almoço nublou.
Caiu uma chuva.
Veio o vento.
Hora do almoço.
Virou chuvarada.
Passou.
As nuvens saíram do palco.
O brilho estourou.
A bolsa também.
Yasmin nasceu nesse fim de tarde começo de noite maluco.
Depois do cafezinho.
Não acontece em todas as cidades.
Acontecia ali com frequência independente das estações do ano, do trem ou metrô.
Só faltava nevar.
(Aliás, os flocos de neve têm o gosto de um sorvete de flocos?)
Cientificamente ainda não deu para comprovar, mas é possivelmente provável que esse liquidificador temporal tenha influenciado a menina antes de ela escorregar para fora da barriga da mãe e na hora de coar deixaram a semente do foco.

Porque ela era assim: de tempos em tempos, uma ideia diferente.
Diariamente, uma metamorfose.
Ou um mosaico.
O que de uma forma saudável a gente chama assim.
Melhor.
De um jeito poético, a gente chama assim.
Cabeça de vento.
O vento é assim, danado, quando quer entrar chega e assopra tudo. Dentro da cabeça de Yasmin fazia redemoinhos persistentes. Não importava a hora e o local, ele dava a bailar e já era.

Um segredo de Yasmin acontecia à noite. Os pais ensinaram-na a rezar um pai nosso e uma ave-maria antes de dormir. Decorar ela decorou e podia ser de olhos fechados ou abertos. Acontecia de ser no começo ou no meio da oração, ela lembrava de algo durante o dia, e pulava para algo que ainda precisava fazer no dia seguinte, e divagava no tamanho da árvore, e aquela pipa bonita rasgada presa na árvore sem rabiola e será que os pássaros também rezam?, e lembrava que precisava terminar a reza.

Começava de novo e acontecia de novo, porque a gota da chuva às vezes é mais grossa e de vez em quando é tão fininha que faz cócegas. E quando choveu gelo fez barulhão na telha.

"Amém", era melhor resumir.

Sem contar das vezes que dormiu mesmo no meio dos pensamentos, vai ver que serviam como história de ninar.

Essa órbita distante de Yasmin podia ser útil muitas vezes, gerava momentos de riso e reviradas de olhos essenciais para descontrair um momento de bronca, uma hora chata e de tédio. Mas chegou certa feita começou a incomodar uma professora ruidosa, Rita, que destratava vento, lua, nuvem, vênus, cachorro e alface. Ela só gostava de chuva porque inundava as ruas e aula na escola era cancelada.

Por que será que ela era assim?

A encrenca da professora Rita foi mais longe. Além de habitualmente chamar a menina de burra, preguiçosa e distraída, fez de tudo para dar mais problema para a família que já tinha lá suas equações.

Um frio na barriga.

Um aguaceiro nos olhos.

Só porque ela resolveu invocar.

(Aliás, quando se invoca muito e com tudo é falta de cafuné).

Invocada com Yasmin que duplamente e serenamente não lhe dava atenção, pressionou a diretora como a apertar com o dedão uma campainha com muita força a pedir um atestado médico para afirmar de uma vez por todas que a garota apresentava problemas na caixola e precisava de mais remédios e menos empatia.

Já vou eliminar o suspense. Não há nada disso. Yasmin somente é distraída.

Nem uma gota a mais. Com certeza um comprimido a menos.

Uma indisciplinada das razões.

Uma irresponsável da gravidade.

Yasmin só tinha uma cabeça de ioiô mesmo.

(Aliás, quando Rebecca dava para ser carinhosa chamava Yasmin de Ioiô).

A decisão assinada, carimbada e sorridente foi da médica que aliviou o frio na barriga da mãe e o aguaceiro nos olhos do pai.

– Ela é esperta e saudável. Cabeça de vento, não. Cabeça na lua, possivelmente.

Mas tem muito mundo para encantar o interesse dela. Até loguinho. Próximo!

Nem todos tinham a mesma sorte. Muito médico dali gostava de recomendar remédio para criança dormir.

Remédio para acordar.

Remédio para comer.
Remédio para desacelerar.
Remédio para desinteressar.
Remédio para lembrar do remédio.
Que zoado...
Por isso foi uma sensação de alegria geral de acertar a flecha bem no meio do alvo quando Yasmin bocejou no dia seguinte e retomou a confusa história do sorvete de pão com a maior naturalidade.
Quantas vezes ela havia feito isso?
(Aliás, mesmo tudo tendo um por que a gente não precisa saber o porquê).
Mal seus olhos terminaram de abrir e os motivos da garota funcionavam num outro ritmo. Pensou e perguntou e pensou enquanto escovava os dentes e calçava a blusa e vestia o tênis.
"Por que o pessoal do bairro gosta tanto de usar chinelo?"
"Por que as pessoas de outros países vêm pra cá?"
"A Adela e seus irmãos se consideram brasileiros?"
"Lá eles também usam chinelos?"
"Será que a gente pode ir pra lá de bicicleta?"
"A 'prô' vai pegar no meu pé?"
"Será que alguém aqui não come carne?"
"O que aconteceu com a Marielle?"
"O que eu pareço com meu pai?"
"Que zoado."
"De quem mais já peguei emprestado?"
"Por que a mamãe come queijo quente todo dia?"
"Por que meu nome é Yasmin?"
(Aliás, sou a única Yasmin da minha sala, mas tem mais umas quatro no resto da escola.)

Caminhou até a parte do fundo casa.
A mãe cuidava da casa e do pai deitado no sofá, esmurrado por alguma virose qualquer.
Ao vê-la recolher a roupa seca com sua mão molhada, dobrando e empilhando na cadeira, logo pensou com quem ela aprendeu a fazer aquilo, se foi com o pai que geralmente cuidava dessa tarefa.
– Que tá olhando?
"Ou será que foi com a avó, a Tia Nini ou na TV que mamãe aprendeu?"
– Vai ficar parada com essa cara ou vai ajudar?
"Na casa dos outros é assim também?"
– Suas roupas estão pior que rato esmagado. Sábado a gente vai no brechó, tá?
"Aprender, copiar e emprestar são a mesma coisa?"
– Yasmin?
"Mesmo as pessoas sendo parecidas, elas são muito diferentes!"
– Yasmin???
"A gente não nasce sabendo nada? Nadica? Preciso dos outros pra tudo?"
– YASSSMIIIINNN???

"Cachorro nasce e já sabe andar. A gente, não! Então tudo TUDO é emprestado?
Mas quem foi o primeiro quem emprestou?"
– YASMIN?!!!!!!!!!!!!!!!!!!!
– Ai, mãe, por que tá gritando? Tô aqui na sua frente! Vai acordar o pai!
– Bendita seja essa criatura, viu...
– Mãe?! Mãe?!
– Fala minha filha.
– Por que você faz assim?
– Ãã? Faço assim o quê, criatura?
– Lava, seca, dobra desse jeito que você faz e depois guarda?
– Vixe... mas queria que fizesse como? Levasse numa lavanderia é?
– Nããão! Tô dizendo, como ensinou a dobrar desse jeito. E por que você não passa a roupa?
A mãe já estava com os caninos prontos para devorar a filha berrando "cê tá achando que sou tua empregada, é? Menina folgada!".
Mas o respiro veio na hora certa e ao enxugar a gota de suor que escorria na testa, percebeu a inocência da pergunta.
– Ahhh! Mas eu passava. E como passava viu? Podia até ser passadeira, me oferecem até trabalho nas empresas, eu que não quis, aquele calor dos infernos o dia todo nos joelhos, na barriga e sobre até o pescoço mesmo nos dias gelados. Depois saía na rua e pega uma gripe. Olha, eu passei muito, olha o muque nesse braço que eu fiquei – e a mãe fez questão de exibi-lo –, só que eu gastava muito tempo, e mais do que tempo, a gente gastava uma energia lascada pra deixar a roupa lisinha.
– Não passa mais por quê?
– Um dia a energia caiu aqui em casa, na redondeza toda. Não que seja novidade, né? Só que um dia caiu bem no dia que eu deixava pra passar todo o bolo das roupas e ainda assistir minha novelinha tranquila. Mas num deu, né? Fazer o quê?

Aí passou os dias e a gente foi usando amassada mesmo. E quer saber? Nem fazia muita diferença, pouco depois ela desamassava no corpo.
– Jura?
– É! E acredita que uns tempos depois apareceu na televisão um doutor pedindo pras pessoas fazer isso pra ajudar o planeta e sei lá mais o quê? Então parei de vez. Acabamos economizando tempo e dinheiro, que é quase a mesma coisa, né? – e riu alto.
– Ah tá...
– Que foi, Yasmin? Não vai dizer que quer roupa passada agora!
– Não, só tô pensando. Você... como posso dizer? Você nasceu sabendo passar roupa?
– Praticamente, minha filha, praticamente, né?
– Como assim?
– Oras, eu passo roupa, deixa eu pensar um pouco, eu devo passar roupa desde que tinha sua idade...
– Você não nasceu sabendo????? – interrompeu assustada Yasmin.
– Não, né, Yasmin?! A gente não consegue nem ficar em pé quando nasce, imagine passar uma roupa!
– E se você aprendeu com a minha idade, quer dizer que agora eu aprendi, eu também já sei?
– Cê já pegou em ferro, menina?
– Não...
– Então não sabe! A gente não sabe essas coisas sem botar a mão, só por natureza própria, a gente aprende, tem que experimentar, errar, aprender. Tem coisa que é instinto, tem coisa que não.
– E de quem você pegou emprestado?
– O quê? O ferro? É meu, oras. Era da minha mãe, sua avó. É velho, mas vou dizer, é bom, viu? Bom mesmo! Não me deixa na mão e...
– Não!!! – interrompeu a filha.

– Então o quê, criatura?
– Passar a roupa...
– Acabei de falar, cacetada! Quem me ensinou foi minha mãe. Aprendi cedo. Ela precisava de ajuda. Não tinha marido pra ajudar, duas filhas pra dar de comer e ela me botou pra trabalhar. Comecei passando a roupa, depois lavando a louça, aprendendo a cozinhar, e assim foi. Tive que aprender as coisas cedo, minha filha. Foi duro, mas quer saber, foi bom. Cresci e aprendi a me virar na vida. Nunca dependi de ninguém. Agora deixa eu cuidar da vida desse instante que seu pai parece uma lagarta pisoteada e não ajuda em nada.
– Espera, espera! Por que eu não aprendi igual a você?
– pulou na frente do trajeto da mãe.
A pilha de roupa parou. Ela olhou a filha de alto a baixo, encarando-a. A Filha olhou-a de baixo, aquela gigante. Os olhos de mãos dadas. A respiração canção. O corpo alicerce da dança. Uma urgência em viver melhores dias.
Uma resolução.
– Talvez você deva aprender mesmo, viu? Não te quero passando roupa na vizinhança. Cê é muito novinha e não quero que perca as brincadeiras como eu. Por enquanto a gente vai levando. Tenha ambição, minha filha, tenha ambição nessa vidinha. Mas aprender não vai te fazer mal. Vou pensar melhor nisso. Agora, chispa que tenho mais o que fazê.
– Tá! Vou na Júlia!
– Oi? Quê? Júlia? Calma, vai a essa hora, fazer o que, criatura?
– Ver onde ela guarda o pão e se a mãe dela ainda passa a roupa!
– Yasmin!!!!!! – a mãe só viu o vulto desaparecer casa adentro. Ela diria para filha cuidar da própria vida, mas ela já estava na rua.
O pai tossiu por atenção e uma sopa quentinha.
– Vê se se arruma logo, MONSTRENGO!

Júlia era basicamente a melhor amiga de Yasmin. Bem... É o que Júlia vivia dizendo. Acontece que ela falava a mesma coisa para a Sofia.
A Amanda.
A Bárbara.
E a Cynthia.
Então.
Meio estranho.
Pois é.
(Aliás, quantos melhores amigos a gente pode ter até crescer?).
Mas tudo bem.
Yasmin raras vezes fazia o papel de ciumenta, que marca território e consegue soletrar sem esforço qual é a cor, o prato e o tipo sanguíneo da amiga. O contrário acenava mais para a realidade. Ela simplesmente não dava a menor bola para isso. Nem imaginava que poderia ser uma possibilidade saber isso de cabeça. O que não quer dizer que não se importasse com a pessoa. Somente funcionava desse jeito. As pessoas são diferentes, oras.
    Sem se apegar muito a nenhuma colega, nem mesmo a Júlia, a melhor amiga, tinha um limite no se envolver, se abrir, confiar demais.

O seu jeito distraído e liso por um pouco de sorte e alguma inocência aparente evitava grandes conflitos. Só achavam com frequência uma cabeça na lua mesmo, mas simpática e até divertida quando voltava para o mundo terráqueo.

Júlia via com muito charme o jeito tranquilo de Yasmin. Vai ver que num contraponto ao seu jeito mais elétrico e vistoso. Vai ver que para formar alianças.

A vida é um grande jogo de estratégia.

De guerra.

Um xadrez.

(Aliás, um dia pode ser um jogo de damas?).

A mãe de Yasmin também pensava assim.

– A tal Júlia pode ser legal, mas não seja besta. Ela quer ser legal com todo mundo, gosta de um brilho, igual a mãe dela. Tô só avisando pra depois não ficar sofrendo se ela aprontar com você. Vê se acorda. Fica com essa cara de bezerro morto e todo mundo dança na tua cabeça.

A mãe continha uma sabedoria estranha.

Uma das coisas que mais lhe causou pensamento nos últimos tempos foi ao ouvir sobre saudade.

A mãe foi logo dizendo que não valia sofrer quando não estava com a pessoa.

Que a vida era daquele jeito, nada de conto de fadas, nada de ar fresco, e se tudo já era complicado demais, para que raios sofrer com algo que só deixa um buraco? "Ficar cutucando ferida? Nem a pau!"

O pai buscava dialogar baseado em notícias. Dava exemplos que lia no jornal, citava sobre a saudade que um povo sentia das suas tradições, outro povo de um tempo onde a guerra não havia devastado tudo, outro dos que preferiam quando não tinha tecnologia e aí vai. Exemplos, exceto dele mesmo, não faltavam.

Os dois falavam e falavam e falavam e Yasmin ouviu até certo ponto até só ouvir a voz na própria cabeça.

"A saudade é só de coisa ruim?"
"Saudade tem idade?"
"Dá para ter saudade de algo que nunca se teve?"
"O papai e a mamãe sentem saudade da Rebecca?"
"A Rebecca não sente saudades deles? E de mim?"
"O Thiago sente falta da irmã gêmea que foi morar longe, bem longe, sei lá onde?"
"A Adela não tem saudade de onde veio? Os pais dela não sentem saudade de onde vieram?"
"O que a gente faz quando sente saudades? Come? Chora? Faz flexão?"
"Eu sinto saudade da Rebecca."
(Aliás...)

Com Júlia passava bons momentos. Costumava visitá-la em sua casa uma vez por semana, sem muito compromisso, sem se demorar muito, sem recusar um gole de refri. Na maioria das vezes a amiga contava tudo o que descobriu da vida de fulana e da ciclana, da briga na sala do lado, do olho roxo da Jussara, de que seu pai prometera levá-la ao Rio de Janeiro nas próximas férias assim que ele acertasse as coisas por lá, do novo hot-dog com cheddar bem em frente ao antigo hot-dog só com batata-palha, do shorts sujo da Cynthia, de que a Larissa já beijou na boca, das duas calopsitas do Ícaro, que o Renato já tinha bigode, de como o Daniel é nojento e fede, aí nessa hora inteira a bunda de Yasmin já começava doer, dava tchau e ia embora pelo caminho mais longo bem devagar só para aproveitar mais aquele retorno.

Muitas vezes esforçava-se para ouvir tudo que a amiga despejava, o que pouco acontecia. Pois a velocidade na qual Júlia despejava as informações entrava em colisão com o tempo de processar sobre o assunto.

"... olho roxo de Jussara."
"O que aconteceu?"
"Será que uma bola bateu nela?"
"Ou ela bateu num poste?"

"Deve ter aprontado e puxou algo de cima do armário."
– Yasmin?!!!
– Hã?, Oi?, fala.
– Presta atenção. Ouviu o que eu disse do hot-dog com cheddar?
– É...
– Eu sei, chocante!

Naquela visita Yasmin passou onze casas subindo a rua virando duas vezes à esquerda e passando por dois botecos, um açougue com caixas de som na porta tocando os melhores sertanejos e a praça onde ela se reunia com a turma do bairro, em cronometrados oito minutos, batia palmas (a campainha estava quebrada) chamando pela amiga:
– Clap, clap, clap Júlia! Júlia! Clap, clap, clap.
– Ô, Júlia, Júlia! A Yasmin tá te chamando. Oi, Yasmin, chegou cedo hoje, hein?
Qual a emergência?
– Tia, tia, me fala uma coisa. Você guarda o pão dentro ou fora da geladeira?
– Aqui só tem esfomeado, menina. Não dá tempo de guardar pão. Acaba antes de tentar guardar – ria uma risada que parecia enfeite. – Olha que a Júlia nem come pão. Mas salgadinho ela come. O saco inteiro. Agora tem que guardar salgadinho na geladeira, é?

Antes de conseguir responder, toda confusa com a ideia do sorvete de salgadinho, Júlia apareceu na porta e a puxou até o seu quarto.
– Vem, miga! Preciso te mostrar uma coisa.

Entraram na casa com os passinhos acelerados, desviando do cachorro preguiçoso e entrando no quarto que ela dividia com o irmão mais novo, que ainda dormia.
– Acorda, Juan, acorda menino – e chacoalhava o guri.
– Hummm-mmmm-mmm.
– Vai, encardido, levanta a bunda daí
– Deixa eu dormir – começou a choramingar.

– Vai pra sala, tá gostoso lá.
– Vai você.
– Vou contar pra mãe o que você fez...
    Juan levantou enrolado no lençol com os olhos miúdos e uma vontade aparente de jogar a irmã no lixo.
– Coitadinho... – reagiu timidamente Yasmin.
– Que coitadinho, é um peste – fechou a porta do quarto e perguntou – Você já ouviu Purple?
– Quem?
– A Purple! Não conhece? É muito legal. É A DIVA! Vou colocar para você ouvir.
    Foi a Lari que me mostrou ontem. A Purple tem cabelo roxo. A Sofia e a Bárbara disseram que vão pintar igual o dela. Eu também vou. A Cynthia disse que vai pintar de azul, porque ela gosta mais. Acho que ela está mentindo.
– Vão pintar de roxo?
– É! É muito legal. Pinta também.
    Yasmin parou para pensar quem estava copiando quem.
    "Bem, todas elas estão copiando a Purple, isso sim."
– Yasmin?
    "Copiar é quase igual emprestar. Caramba, a gente empresta de tudo mesmo!"
– Ô sua louca!?
    "Será que outro artista no mundo já pintou o cabelo também?"
– YASMIN!
– Oi, tô aqui.
– Acorda, menina! Eita, sempre com a cabeça nas nuvens!
– Por que vocês vão pintar o cabelo?
– Ué, pra ficar igual ela, doida.
– Pra que ficar igual ela?
– Pra ser como ela! Vixe, lá vem você cheia de pergunta.
    Bastaram só mais essas duas perguntas para mais uma vez se distrair em pensamentos. Ela mesma havia tido vontade de pintar o cabelo para parecer alguém alguma vez?

(Aliás, ela preferia pintar as unhas ao cabelo, apesar de não poder pintar nenhum dos dois, já sabia disso sem precisar da ajuda de bola de cristal.)

"Não, não tive vontade. NÃO! Tive sim, aquela vez, quase esqueci, que zoado..."

De repente um clique que percorreu toda a sua espinha e sentiu um tranco no corpo todo. Quem falava assim, que zoado, era...

– Que zoado! Só você não vai pintar o cabelo. Mas você é que sabe né, querida... Como sua mãe diz, seu corpo suas regras, né? Relaxa! Você vai continuar sendo minha melhor amiga!

– Tá.. – foi o que conseguiu responder Yasmin.

– Eu, a Sofia e a Bárbara vamos pintar para ficar igual ao da Purple. E também vamos comprar a regata branca que ela sempre usa.

– Aí vocês vão parecer umas bonecas dela – respondeu rindo.

– Que nada. Vamos arrasar. Depois você vai querer ficar igual a gente também.

Júlia botou mais uma vez a música da Purple para tocar no celular.

Yasmin achou a música chata, a bunda doeu e ficou com vontade de ir embora.

Até mesmo antes de toda essa história da Purple já estava virando abóbora.

Por pouco não se distraiu do que fora fazer ali, quase num tipo de pesquisa de campo, interessada em descobrir com Júlia quais os hábitos da família , se comiam queijo quente, se o pai lavava a louça, se a mãe lavava e dobrava roupa igual a sua e o que mais fosse, mas a conversa havia ido para outra estrada.

Ao chegar farejou como nunca antes que o cheiro da casa da Júlia era diferente do da dela. Uma mescla de amaciante com carne crua e... e... melhor não descobrir.

"Cada casa deve ter um cheiro."
Descobriu que a amiga nunca tinha provado um queijo quente.
Apenas misto quente.
(Aliás, quanta migalha nesse quarto.)
Descobriu que naquela casa se grita um pouco mais do que na dela.
Que os chinelos não são espartanos, só espalhados.
A mãe de Júlia vendia pão de mel – "o melhor de toda a região" faziam coro Júlia e a mãe – e ela tinha acordo com uma moça que passava as roupas em troca dos doces.
Lá pela quarta repetição da música e com Júlia ainda apanhando da letra, Yasmin gentilmente sugeriu:
– Que tal colocar outra? Algumas das que que a gente ouvia.
– Essa é a mais top da Purple. Ela tá bombando. Tem mais de um milhão de visualizações. A dança é toda difícil, mas a gente vai fazer ela perfeita, cê vai ver. Só a Sofia que vai errar no começo, ela sempre demora pra aprender. Ela é meio lerda. Que zoado. Uma hora ela acerta. Aquelas outras são muito de criança. Vamos ouvir essa mesma. É muito boa!
Yasmin ficou em silêncio.
– Olha o anel que a Sofia me emprestou. A Purple tem um igual. Lindo, né?
– Júlia?
– Fala, miga.
– Você sabe do que é feita a gelatina?
– Sei não, mas é uma delícia né?
Yasmin fitou a amiga.
Ela continuava cantarolando e remexendo o corpo, até se levantar de vez e ensaiar os passos da música.
Yasmin deduziu sem muito esforço que a música era mais interessante do que a inóspita história da gelatina. Nem um pingo de curiosidade a atiçou.

Estranho.
Pois é.
Cada um, cada um.
— Júlia?
— Tô quase acertando tudo, tá vendo, né? — encarando-se no espelho em cima do móvel.
— Por que você sempre coloca música quando estamos juntas?
— Porque eu gosto — arfava a amiga sem tirar os olhos do espelho.

"Porque eu gosto."
Ora, parecia uma boa resposta. Aquela coisa de "porque eu gosto" enrolou Yasmin de jeito.
– Vamos dar um pulo no brechó, Yasmin! – chamou a mãe.
"Eu gosto de... eu gosto de silêncios. Gosto do gosto do arroz."
"Quem descobriu que tinha que cozinhar o arroz?"
Procurava no teto, no chão, ao seu redor mais respostas para suas indagações.
"Gosto do meu cobertor."
"Da cor vermelha e de bala de canela, que não é tão vermelha mas eu gosto."
"Porta fechada."
Por mais que Yasmin se desprendesse em balões, devagar devagarzinho o barbante esticava e voltava a lembrar-se de Júlia e sua música.
"Porque eu gosto."
Do que Yasmin gostava?
Ou do que a Júlia gostava?
"O pai disse noutro dia que tem coisa que gostamos emprestada dos outros e do elevador errado."

"Do que eu gosto?"
"Do que eu não gosto?"
Olhou devagar e reconheceu a rua que passava todos os dias, mesmo sem saber para onde estava indo. Se viu andando ao lado da mãe cruzando a viela e inocentemente perguntou "onde estamos indo?"
– Ai cruz credo! No Brechó, cabeça de lagartixa.
– Ah tá.
– Se não acharmos nada que preste vamos na loja depois. Filha minha não vai andar mal-arrumada nem para brincar na terra.
Praticamente indiferente, seguiu de boca fechada, porém cheia de barulho com os seus motivos.
Voltou a pensar na amiga Júlia. Talvez fosse mais fácil começar por ela. É sempre mais fácil falar dos outros.
"A Júlia gosta de ouvir música. Então ela ouve música."
A amiga virou uma lista.
"A Júlia tem um cabelo lindo emprestado só dela, é muito legal, usa um óculos style. Todo mundo gosta dela. E ela gosta de música. Eu gosto de música? Ela usa saia.
Eu queria ser como ela? Não, eu gosto de mim. Acho. E não gosto de saia. Não gosto, quer dizer, odeio, odeio odeio banho gelado. Odeio. Sandália ou chinelo então. Ela tem um irmão menor. Eu tenho uma irmã. Tenho? Tinha? Eu quero pegar emprestado que parte dela? Da música? Ou de ela ter um monte de amiga e todo mundo gostar dela? Ai, eu não sei. Que zoado... Que zoado! Peguei isso emprestado dela. Mas não o gostar da Purple. Ai que confusão."
Quando se perguntou se gostava de música pensou no pai.
Ele ouvia o jornal.
Pensou na mãe.
Ela ouvia orações.
Lembrou de Rebecca.

Rebecca ouvia música.
E gostava.
Provavelmente a Purple não dançasse em sua cabeça. Ela ouvia uns pancadões em português mesmo. Devia ser rock.

"Mas e eu? Eu gosto?" – e achou que seria um ótimo negócio ter um fone de ouvido para sintonizar uma música e descobrir ali mesmo.

"A Júlia gosta da Purple."

"Eu achei chato."

"Eu ouvia as antigas mas sem também lembrar de ouvir em casa."

"Que horas a gente ouve música?"

"Na hora de acordar, depois da aula ou para dormir?"

"As outras meninas gostam da Purple. Vão até pintar os cabelos."

(Aliás, duvido...).

Uma vez no trem bem cedinho do fim de semana para visitar a Tia Nini, Yasmin viu um cabelo tão diferente do que conhecia que paralisou o olhar. Era só daquela moça, com certeza. Só podia ser. Como ela fazia aquilo?

É o que uma outra moça perguntou para ela sem embaraço.

– Como você faz isso?

– Gostou?

– Tá reinando! Mas que horas cê acordou pra fazer isso, meu bem?

– Nada. Dura uma semana. É incrível. Me sinto livre e arraso!

– Uma semana? Nem mandioca dura tanto.

Um marreteiro de boné passeava dengoso ofertando bom dia, água gelada e salgadinhos. Hipnotizado pelo corte e com a clientela ainda sonolenta, apoiou-se no corrimão e entrou no papo com um "chocante, garota!".

– É lá do Vini? Bom de Corte, é?

– Não, lá do Ariel, sabe? Brasilândia. Ele chama de Blindado. Procura depois, tá bombando.
– Doideira, parece um pavão, show, show. Os moleques são bom demais. Tá linda, moça, com todo respeito. Tá linda. Tô guardando também para caprichar no tapa semana que vem, lá em Guaianases – mexeu no boné, imaginando sua crista. - Quando esse desmanchar visita o Vini, o cara é show e ainda ajuda a galera do bairro, cuida da molecada, ensina. Tem que prestigiar. E é um talento.
– Legal! Podexá.

O trem acalmou para nova abertura de porta, o marreteiro disfarçou e sem sinal de urubu ofereceu uma água, que a outra moça comprou e se despediu com um "te cuida" e um novo bom dia para o restante do vagão.

Yasmin lembra de Rebecca cochichar.
– Vou fazer um corte assim. Certeza que o pai infarta.

Yasmin reparou que suas mãos começaram a ficar úmidas.

(Aliás, Yasmin não queria ver o pai infartar. Mas queria ver a irmã com aquele penteado. Deu no que deu. Foi a única vez em que Yasmin quis pintar o cabelo).

Estavam na porta do brechó.

Yasmin olhou lá dentro daquele aperto, um tantão de roupa espalhada naquelas arraras, no baú, no cesto as promoções
– Oi Darcy, ufa, que abafado tá hoje. Que suadeira horrível.
– Nena! Nena! Como está essa saúde? Tá procurando o que hoje meu anjo?
– Vim achar umas peças pra Yasmin, cê tem coisa boa aí?
– Boa ou pra bater? Sorte que ela é magrinha, acho que aqui deve ter. Vem comigo.

Enquanto as duas googleavam as roupas em meio a tantas peças no baú, Yasmin caminhou com passos leves e desconfiados ao longo de uma arara.

Sua mão viu um blazer xadrez, dois paletós marrons pesados, calças quase sem cor, umas camisas horríveis (como tinham coragem de vestir aquilo?). Revirou o cesto de promoções, com moletons, shorts, regatas, camisetas, roupas de todos os tipos e tamanhos.

Pescou um short jeans que poderia lhe servir e botou os olhos em um chapéu bonito. Foi até ele, admirando-o. Nem teve coragem de prová-lo. Não era para ela. Ficou imaginando a pessoa que o usara antes. Uma pessoa quieta ou falante, será que era de mulher? Quantos anos ela devia ter? Onde usou? No trabalho? Em casa? Será que ela gostava de dançar? Usou só uma vez? Foi presente?

Fantasiava sua antiga dona e as muitas histórias que o chapéu podia ter vivido.

Um dia alegre com os amigos, uma chuva horrorosa, a ventania qua quase os separou, cuidado com o pum da pomba, da vez que comeu um lanche, usou no seu aniversário?, usava porque tinha vergonha do cabelo ou porque era estiloso? Quem era ela?

Tocava peça por peça como a escutar suas andanças, era toda ouvidos para conhecê-las, as peles descascadas, ficaram para trás, cumpriram seu dever de ser e aguardavam novos usuários. Todo mundo podia ter o direito a uma roupa preferida.

"Se ao invés de made in china cada peça viesse com a história por onde passou, seria bem mais divertido!"

– Yasmiiin! Vem aqui, deixa eu ver se cabe em você.

Yasmin ainda deu uma última olhada no chapéu, tão lindo. E nem soube explicar seu sentimento.

Voltavam pelo mesmo caminho para casa com a sacola no ombro e a mão dada com a da sua mãe.

Onde terminava uma e começava outra?

"Pão na geladeira."

"Será que a Júlia ouve música só porque os pais dela escutam?"

"Pode ser. Pode não ser. Na casa dela sempre tem música."

"É um Frankstein!"

"Acho que... acho que... é isso! O Frankstein é um quebra-cabeça. Ele pegou emprestado partes de um montão de gente. E a gente também!

"Mas a gente só pega emprestado o que gosta?"

"Eu não sei..."

"E se a gente se confunde e pega uma coisa pensando que era outra?"

"Dá pra devolver?"

Teve a vez que deu ruim.

Que criança nunca pegou emprestado sem avisar alguma coisa?

(Aliás, isso é bem ruim!)

Mas já aconteceu um empresta o bambolê?

Empresto.

Empresta o colar?

Empresto.

Empresta a lição de casa?

Empresto.

Empresta o patins?

Não empresto.

Empresta as canetinhas?

Empresto.

Espera.

Cadê a?

A encrenca só se desfez uma semana depois que Yasmin pegou emprestado, e esqueceu de pedir, a bola de tênis do Henrique.

Ela era tão bonita, tão redonda, meio fedida, amarelo apagado, esquecida ali no canto, o dono nem dando bola e muito divertida de se jogar na parede do quarto e pegar de volta com uma mão sem deixar cair no chão (é claro que só quando os pais não estavam em casa.)

Brincou, devolveu, se desculpou, tomou uma chamada daquelas (ai, o chinelo) e passou.
Chega de emprestar!

Lá na praça era costume algumas tardes após o almoço, Yasmin, Júlia e uma turma se encontrarem para ficar junto.
Era o quintal de todos.
Quem chegasse primeiro esperava os outros.
De vez em quando brincavam na quadra.
Outras iam até a biblioteca para alguma oficina de arte.
Havia vezes em que só se sentavam debaixo da árvore e contavam dos seus dias, falando no celular, assistindo vídeos, ouvindo músicas.
– Ei, doida, cê tá mais quieta que de costume. Fala no que ocê tá viajando – o jeito de Júlia falar sempre com voz alta incomodava às vezes demais Yasmin.
Yasmin olhava o céu e brincava de caça-palavras remexendo a memória.
– Yasmin?! – sentiu um tapa leve em seu joelho.
– Ai, que saco. O que foi?
– Fala o que você tá pensando. Já contamos tudo o que aconteceu, só falta você.
– Nada, nada.
– Nada uma ova. No que tava pensando?
– Hoje vi um chapéu tão bonito lá no brechó. Nunca vi chapéu mais bonito.
– E comprou? – perguntou Larissa.

– Não. Ele não era pra mim.
– Como assim? – perguntou rindo-se Jussara.
– Ah, não sei. Ele era lindo, mas não era pra mim.
– Ai, Yasmin, cada doidera que você fala. Não tô entendendo. Gostou ou não. – reclamou Júlia.
– Gostei! Mas o chapéu já parecia ter tanta história. E parece que ele estava esperando por outra pessoa, não eu! Entendem?
– NÃO!!! – berraram as três, rindo em seguida.
– Ai, sei lá então. Acho que não fico bem de chapéu e pronto.
– Também acho – Para Larissa a cara da amiga era muito quadrada e não ficaria bom. Preferia, por assim dizer, dar uma olhada ela própria e ver se o seu rosto e gosto fariam melhor harmonia.
– Nada a ver! – rebateu Júlia. – Qualquer rosto pode. Ia ficar super legal na Yasmin. Ia dar um toque style – e disse isso puxando seus óculos para baixo e dando uma piscada para as demais.
– O que cê acha, Ju? – questionou Larissa com sua influência sobre a garota.
– Hummm. Ai, não sei. Talvez. Não sei. Vamos ver o que os meninos acham.
– Não! Para! Não quero saber. Só falei que achei o chapéu bonito, gente! – interveio com um salto de vergonha Yasmin. Suas mãos começaram a suar. Ela não gostava de ser o centro das atenções e pensou rápido em como sair do enrosco.
– Outra coisa, éééé... Vocês, vocês, ah sim, vocês conhecem a Adela?
– É Adele, com e. Adoro as músicas! Queria ter os olhos dela! – rebateu Júlia.
– Adela! Adela! Lá da escola.
– Adela? – fez cara exagerada, Larissa.
– É, ela não é da classe de você duas?

– Eu sei! Ela é. Senta lá no canto. A colombiana, né?
– Ela é colombiana? Achei que fosse da Bolívia.
– Sei lá, deve ser, falam tudo aquela língua estranha, quase não entendo nada!, mas que é que tem? Ela entrou esse ano na escola. Ela é estranha, muito quieta. Fica sempre sozinha.
– Vocês não conversam com ela? – Yasmin enxugando as palmas no shorts.
Larissa e Jussara se entreolharam balançando a cabeça.
– Por quê? – voltou a perguntar.
– Ué, você já falou com ela? – por vezes, quase todas, Júlia gostava de marcar território.
– Não, não, mas, sei lá, vocês conversam com mais gente. Ela parece legal...
– De onde cê tirou isso? – Larissa quis entender.
– De olhar...
– De OLHAR? – gargalhou Larissa, puxando a risada das outras. – Você não existe, Yasmin. Só você mesmo.
Mesmo sem graça e forçando um sorriso amarelo, ainda perguntou para Jussara se já tinham conversado.
– Só uma vez quando precisei da cola emprestada.
A bunda de Yasmin começou a doer.
Já se levantava para ir embora, limpando o shorts e Larissa não perdeu a oportunidade de provocar:
– Tá indo lá falar com a índia? – e gargalhou exageradamente acompanhada de Júlia e Jussara. – Uh, uh, uh! A gente é sua tribo!

Foi no domingo ainda pela manhã.
    O pai cortava as unhas do pé em cima de uma revista de farmácia enquanto dava audiência para o canal que nem assistia. Ele só gostava do barulhinho.
    A mãe conversava animada com uma amiga no portão.
    FOFOCA.
    FOFOCA.
    FOFOCA.
    Yasmin estava deitada em sua cama olhando o teto com os olhos miúdos cansada de pensar, pensar, pensar.
    Queria se distrair em outras coisas como com o formato dos olhos felinos.
    Pegou o celular com coragem e ao tocá-lo já perdeu-a toda.
    "Será que escrevo para a Rebecca?"
    "Ela disse para escrever só se realmente precisasse, que está muito ocupada e quando estivesse longe dos pais."
    Digitando.
    "Oi, linda irmã."
    "Que zoado."
    Digitando.
    "Tudo bem com você? Saudades da sua irmã."
    Delete.

Digitando.
"Já ouviu a Purple? Achei uma chata. Me fala uma banda que você gosta? Eu sei que você falou para escrever só quando estivesse precisando. Tô precisando conhecer umas músicas."
Para e pensa.
"Tô com saudade."
Pensa e para.
Delete.
"Te amo. Volta pra casa."
– YASMIN!
Yasmin tomou um susto de um segundo e logo reconheceu a voz de Júlia.
– Vem logo, vem logo!
– Chega de gritar menina, ela já tá vindo – rebateu a mãe ao lado no portão.
Encontrou a amiga mais animada do que de costume, quase dando pulinhos de felicidade.
A mãe só não fazia careta porque estava entretida conversando com a vizinha.
– Vamos! Vamos, Yasmin!
– Oi, Júlia. Vamos onde?
– Não tá sabendo ainda? Acabaram de abrir um quiosque do WC-Donald Burguer no pátio! Vamos logo! Vamos caramba!
– O quê, o quê – interveio a mãe. – Explica melhor isso, menina.
– É isso, tia. A Sofia tava lá com a mãe e os irmãos esperando fazer o mercado e aí um caminhão chegou e colocou o quiosque lá. Ela mandou uma selfie pra gente. Todo mundo tá indo conhecer! Tá do lado do Ítalo que arruma celular.
– Um WC-Donald Burguer aqui? Certeza? – desconfiou Yasmin.
– É! Olha aqui! – e mostrou a foto da amiga.

– E o que tem lá? Tem tudo? – a vizinha começou a salivar.
– Deve ser por isso essa agitação aqui na rua. Olha só. Tão descobrindo tudo agora e correndo lá pra ver – disse a mãe.
– Vamos logo Yasmin! Vamos perder o show!
– Não sei...
A mãe tirou do bolso uma nota de R$ 10 e entregou na sua mão.
– Compra o que der bem gostoso e aproveita. O próximo é você que vai pagar.
Júlia alegrou-se ainda mais e aproveitou o balanço para arrastar a amiga.
Yasmin foi levada pela onda.
O pai acompanhou da porta.
– Era o dinheiro da feira?
– Cala boca, monstrengo – e entrou para cuidar da vida.

NATUREZA HUMANA

eu? Becca? pai? mãe?
Aliás, será que todo mundo
se sente um pouco assim?

O burburinho era grande.

O segurança de cabelo branco e que ficara sentado mais tempo naquela cadeira do que em sua casa nunca tinha visto o pátio daquele jeito.

O chaveiro que herdou o quiosque do pai comentou com o do lado, do pastel, que jamais havia visto fila como aquela.

"Estou aqui faz 26 anos. Bicho. Esse pessoal tá louco."

O nunca e o jamais deram espaço para a primeira vez.

Yasmin e Júlia encontraram as amigas já reunidas na fila. Era curiosa ver aquela alegria. Alguns que estavam atrás reclamaram que as duas meninas se aconchegaram ali, outro pessoal nem ligou e só queria curtir o prestígio. Elas falavam elétricas, tiravam fotos e Yasmin entrou na brincadeira.

Combinaram.

E.

– Quem é você? – iniciaram o jogo para passar o tempo.

– Hum, vejamos... – a garota levou o dedo indicador para bem perto do queixo e deixou- se pensar.

Yasmin estava preocupada.

Batia o pé esquerdo de forma lenta e ritmada, olhou para o chão, viu uma barata esmagada e mordeu o lábio, deixando à mostra os seus dentes.
Olhou a fila de sorvete.
Tanta gente.
Ela podia ser qualquer um, qualquer um podia ser ela, será?
– Responde! Quem é você? – pressionaram as vozes.
Ela pediu calma, mais um minutinho. Afinal, não era uma pergunta muito fácil de se responder. Respirou fundo, fechou os olhos e fez uma lista com o que sabia:
– Eu gosto da morte.
– Eu adoro fazer selfies.
– Eu tenho bigode.
– Tenho uma vida sofrida.
– QUEM SOU EU?
As vozes ao redor gritavam ansiosas:
– O tempo acabou! Fala logo ou perde!
– Dá só mais uma dica? Vai?
– Não! Fala, fala!
– E sou... eu sou... eu não sei quem eu sou!
Gritos de euforia e sussurros desolados misturavam-se.
– Perdeu! Perdeu!
– Quem era?
– Você era a Frida Kahlo! Tava muito fácil! Vai, quem é a próxima?
Nos cerca de 20 minutos de fila, enfim chegou a vez delas.
Yasmin se colocou atrás, querendo entender a novidade.
A primeira pediu o milkshake.
A de trás sem hesitar foi de sundae.
Outra só estava fazendo companhia e olhava, os pais não deram dinheiro.
Chegou a vez de Yasmin pedir e ela olhava os nomes e preços.

Suas mãos suavam a nota.
Se continuasse daquele jeito, ia rasgá-la.
– Vai, garota, quer o quê? Olha o tamanho da fila. Não posso ser despedida no primeiro dia. Vai logo!
Trocou para a outra mão que a segurou, apesar de também estar úmida.
Enxugou a primeira no shorts.
– Pede o milkshake.
– Pede o sundae.
Nervosa e acuada, deixou a família de trás fazer o pedido e a fila andar.
– Vai, Yasmin, escolhe logo!
– Quer que eu pegue pra você?
– Não!
Decidir entre o tipo de sorvete e sabores pode, às vezes, ser difícil. Era tanta novidade.
Contudo, o que deixava Yasmin muda era a ideia de usar o dinheiro dos pais.
Sabia, bem sabia, acompanhava o esforço da mãe e do pai para ter o que tinham. Viver como viviam.
Uma gota escorreu dentro de sua camiseta.
A nota valiosamente úmida.
A nota líquida.
A nota vai e vem.
Milkshake.
Sundae.
As duas se derretendo nas novidades.
Sem nada.
Apertou tudo e disse:
– Você gosta de creme?
– Gosto de chocolate – disseram os olhos gulosos da amiga.
Yasmin pediu uma casquinha mista, creme e chocolate, tomou com a amiga e devolveu o troco aos pais.

(Aliás, Yasmin não mandou aquela mensagem para Rebecca, ainda não.)

Um sorvete pode acalmar muita gente.
 É por isso que tanta gente toma tanto sorvete, não é? Esfria os problemas da cabeça. Só pode ser...
 Yasmin estava com sua cabeça de vento habitual e a escola toda foi tomada por um falatório sobre o quiosque do WC Donald Burguer, de quem conseguiu, quem só invejou, dos que inventaram que já haviam ido em outro e por aí vai.
 Yasmin sorria vez e outra quando era chamada para opinar sobre "o melhor sorvete do mundo que já havia tomado com certeza certezíssima podes crer."
 Acontece que ao encontrar o pai à sua espera, pegou sua bala de canela e retomou:
 – Por que você usa chinelo?
 – Como assim, Yasmin? Vai, acelera esse passo que vai vir chuva forte.
 – Por que não usa tênis ou sapato?
 – Ué, uso quando precisa.
 – E em casa ou para vir pra cá não?
 – Não.
 – Um monte de gente daqui sempre tá de chinelo, né?
 – Acho que sim. E daí?
 – Tem um motivo?
 – Deve ter.

– Mesmo quando chove ou tá frio, vejo as crianças e adultos de chinelo. Eu odeio chinelo. Não gosto nem de usar em casa.

Um pouco irritadiço, o pai simplesmente pediu para a filha parar de tentar controlar tudo.

– Mas eu não tô controlando nada! Só tô perguntando... – defendeu-se.

– Yasmin, PARA!

A voz da cidade falava alto e os dois arrastavam seus corpos pensando em motivos diferentes dentro de suas cabeças.

A conversa da cidade começou a mudar à medida que seus passos avançavam.

Chuva de verão.

Dá para sentir o cheiro.

Dá para ver ela borrando o céu.

Dá para entender que vai ser bem brava.

Quem estava na rua tratou de acelerar também.

O pai ficou enfurecido que não falaram nada no jornal daquela chuva, era só para acontecer semana que vem, semana que vem, oras!

(Aliás, coisa ruim adora chegar antes da hora!)

Até umas gotas pesadas e gordas mergulharem na frente deles, em cima deles, cercando eles. Pareciam milhões de baldes virando de uma vez só tamanha a velocidade que a danada chegou. Bicho, que tempestade era essa?

Começaram a correr com a chuva já começada, já melada, já canalha.

O vento empurrava forte eles para fugirem, no entanto eles insistiam em voltar para casa. Naquele grito de fantasma vindo lá de cima da rua ouviram o celular tocar, mas quem tem condições de atender uma chamada a essa hora?

Alguém da vizinhança vendo-os passar chamou eles para entrarem, "ela é uma criança, pelo amor! Larga de ser teimoso, entra, ENTRA! Vai arrastar vocês. ENTRA!"

Ele ainda tentou agradecer com alguma parte do corpo enquanto puxava a menina rua acima.
– VAI YASMIN, SÓ MAIS UM POUCO – berrava.
A filha só escutava medo, vendo desespero, querendo não estar mais ali.
Nas calçadas corriam ondas mais fortes que as do mar.
Das calhas cachoeiras geladas despencavam nas calçadas.
O pai perdeu o chinelo direito.
Ai, o chinelo.
Jogou o outro fora, era difícil andar.
Estavam ensopados. Até se jogados numa piscina estariam mais secos.
Mal conseguiam respirar.
Não ouviram o celular tocar mais uma vez.
O córrego inundou minutos depois que conseguiram pisar em casa.
Um mundo escuro que nem as luzes davam conta.
Parecia que viviam dentro de um rio.
Que a casa era uma ilha.
E as ondas subindo mais e mais.
Gente do céu, que medo.
Que horror.
Por que se vive para ver isso?
– Se enxuga logo! Troca de roupa e vem ajudar.
QUACK – QUACK – QUACK!
QUACK – QUACK – QUACK!
Se algum vizinho desavisado e louco passasse pela janela no meio da tempestade, teria achado o mínimo estranho, apesar de compreensível, um pato berrar por atenção.
Mas não era um pato.
E sim o celular.
Que tinha o toque de pato.
QUACK – QUACK – QUACK!
QUACK – QUACK – QUACK!

– É sua mãe, deve estar preocupado com a chuva! – berrou para a filha assustada.
QUACK – QUACK – QUACK!
– Atende logo!
QUACK – QUACK – QUACK!
Colocou a mão e um ouvido e fechou os olhos. Difícil escutar. Difícil falar.
Engasgou. Disse "calma, calma, agora não tem o que fazer. Sim, ela tá aqui. Ainda não sei, vamos esperar. Nena, aguenta, guerreira, guenta."
Ficou olhando para baixo, para seus pés descalços que sentiam a água de fora invadir o chão da casa.
– O que ela disse? – voltou Yasmin com uma toalha na cabeça e outra para o pai.
– PAI, PAI! A água está entrando! O que a gente faz?
Chamou mais uma vez, PAI!
Dessa vez ele brincou de cabeça de vento.
SNAP!
Saiu do transe.
– Corre, corre, levanta os lençóis da cama.
Ele tirou os tapetes e o que mais pudesse estragar com aquela baba monstruosa.
Não era a primeira enchente deles.
(Aliás, talvez não fosse a última.)
Esparramaram as toalhas e sentaram-se em cima do sofá a esperar.
Não havia mais o que fazer, a não ser esperar.
Esperar.
Esperar.
(Aliás, esperar o quê?).
– Yasmin, sua Tia Nini morreu.

Na missa de sétimo dia ninguém ainda havia conseguido sorrir nem sequer por um instante.

Também.

Sentada na igreja olhava aquele espaço, aquela fé, aquela falta, aquela tristeza, aquela injustiça, um pouco daquilo tudo.

A mãe desabada.

O pai incerto.

Os primos só com ranho e mágoa da vida.

Que morte boba.

A mãe contou que foi câncer de mama, igual a mãe delas.

Uma coisa horrível.

Yasmin era só motivos.

"É isso que o TJ sentiu quando o tio dele foi atropelado entregando pizza?"

"O que eu falo pra minha mãe?"

"Se ela perdeu a mãe dela assim, agora a irmã, significa quê..."

"É só coincidência?"

"É aquilo da genética que pega emprestado?"

"Eu peguei também?"

"Quero devolver! O meu e da minha mãe!"

"Como eu faço?"

"E a Rebecca?"
"Se eu peguei ela pegou também."
"Por que esse monstro se espalha? Por quê?"
"Devolve! DEVOLVE! VOLTA PRA ONDE VEIO!"
Yasmin suava pelos olhos tristes.
Abraçou a mãe forte, grudou.
O pai do lado fez cafunés e rezou.
No silêncio das mãos dadas, a filha pediu licença para a mãe e foi lá para fora.
Encarou aquele céu laranja, peçonhento.
Digitou no celular com toda a coragem.

Porque esse monstro se espalha? Por quê?

Aliás, te amo.

Becca, Tia Nini morreu. 7 dias hj. Mamãe muito triste. Papai tb. A casa inundou. Não perdemos muita coisa, mas está fedida e encardida. Vc tá bem? Me fala por favor. Isso é importante. Preciso saber. Sinto sua falta. Ioiô.

10:45 da manhã

Um sorvete pode acabar muita gente.

Estavam sentados na praça.
Desanimados.
Até a praça estava desanimada.
A chuva derrubou uma árvore que ainda estava lá caída e poderia servir para... para que serve uma árvore caída?
Serviu para algumas selfies, isso dá para dizer.
Também para denúncias de descaso.
(Aliás, será que os moradores vão ser ouvidos?)
A turma se encontrou sem combinar, sem se chamar, como se os seus corpos automaticamente tivessem sido arrastados.
Será que buscavam conforto um no outro?
– Que chuva, hein?
– É...
– Algum de vocês se machucou?
Havia passado uma semana e ninguém tinha tocado no assunto, se viram quase nada nesse tempo, cada família se rearrumando como dava.
Um pouco a pouco, se inteiravam dos fatos.
– Ouvi que na casa do Everton acharam uma pomba afogada!
– Eca! Que nooooojo!
– Sabem do Junior?

– Não, o que foi?
– Na hora da tempestade ele estava dormindo no colchão no chão, e a chuva levou ele e ele nem acordou!!! Foram encontrá-lo lá perto do açougue todo confuso porque achou que tinha feito xixi na cama!
– Mentira!! Seu mentiroso!
– Hahahahaha, tá bom, tá bom, é mentira!
Continuaram descobrindo sobre o fogão submarino, o mistério do sofá barco, o destino de quem perdeu tudo.
– E se for morar num país que não chove?
– Será que existe?
– Chuva é legal, só não dá para ser assim tão forte.
– É! Essa até arrastou gente, cachorro, calopsita, foi de tudo.
Yasmin espreitou os olhares no chão e sentiu a bunda doer.
Levantou-se já se justificando, que precisava fazer uma coisa e tal.
Saiu porque estava com vontade de contar da sua Tia Nini, mas não conseguiu.
Saiu porque queria xingar a Rebecca que sumiu, mas não conseguiu. Saiu porque queria perguntar do roxo no olho da Jussara (aquilo não parecia maquiagem da Purple), perguntar se eles já pensaram em como todo mundo é parecido e diferente ao mesmo tempo, gritar que a gente é uma meleca toda, um Frankstein, queria falar, berrar, desabafar, mas não conseguiu. Talvez misturasse um pouco disso tudo. Saiu porque tudo era muito injusto, muito injusto, e por que o mundo não pode ser justo? Até o pai perdeu os chinelos.
Era como se o fogo de artifício subisse naquela velocidade toda, rasgando do seu peito até a boca, contudo sem explodir no final as cores, os sons, as esperanças.
De vez em quando é assim, a voz sente falta de um ouvido, a lágrima de um dedo, o corpo de um colo.

TEMPO. TEMPO. TEMPO.
Quanto tempo é preciso para responder uma mensagem de texto?
Ainda mais quando ela é urgente?
Isso deveria ser ensinado na escola.
– Agora que estudamos a fotossíntese, abram os cadernos no capítulo sobre "Responder zap-zap de irmãs é importante; depois de um temporal monstruoso, é urgente."
Acalmada a tempestade interna, à noite no sofá Yasmin, mãe e pai assistiram juntinhos sobre outro temporal, mas esse em outro extremo da cidade.
– É longe daqui, mas a desgraça foi igual – suspirou a mãe.
O pai tremelicou qualquer insatisfação.
Estava quieto no bico e inquieto nas asas.
Parecia querer sair dali, um compromisso, algum algo.
– Foi misericórdia! A geladeira, a TV, o fogãozinho...
– Deixa disso! A gente que protegeu tudo e...
– Vocês falaram com a Rebecca? – vulcanizou Yasmin.
Um susto.
Tum-tum.Tum-tum.
Tic-tac-tic-tac.
O ruído da TV só é quebrado pela voz da mãe.
– Não sabemos dela, Yasmin.
– Se ela quisesse tinha avisado. Era o mínimo – resmungou o pai.
– Eu liguei mas deu caixa postal direto. É crer que está tudo bem – revelou a mãe.
Yasmin mudou-se.
Sem notícia.
Sem alegria.
Injustiça.
A bunda doeu.
O peito doeu.
O coração doeu.

Levantou-se e foi deitar no quarto escuro.
"Quem disse que o mundo é justo?", repetiu o pai tantas e tantas vezes.
Olhava e não entendia o pai teimoso daquele jeito.
"Uma chuva daquela, ele até perdeu os chinelos, e faz que não está nem aí para a Rebecca, mas tá, tá muito, só fica com essa cara de bagre.
Por outro lado.
Ou do mesmo lado.
"Mas ela é uma cabeça de bagre também, por que não responde, dá um sinal de vida, manda notícia mesmo que seja para xingar o pai de... de... como é que ela falava? Monstrengo..."
Olha só.
Quanta coisa eles pegaram emprestado um do outro e ela nem reparou.
Todo aquele tumulto de vida havia esfriado sua curiosidade das coisas emprestadas. Chuva forte, velório, briga, silêncio, um aperto no peito. Havia até se esquecido de tudo que havia pensado e descoberto.
Esquecido ou só deixado de lembrar?
Olhou para sua mão e foi esticando um dedo de cada vez.
No dedão, disse o mais óbvio, como brinquedos, um gibi, arroz ou um guardachuva.
No indicador, falou aquilo que os pais passam geneticamente, como o nariz ou a bochecha ou aquele monstro que ela preferia não chamar para perto dela.
No do meio, o que nos ensinam e copiamos das pessoas que de alguma forma admiramos, como os modos, as gírias, as roupas, os cortes de cabelos e ideias a respeito de tudo um pouco.
No amolar, confessou "empresto de mim mesmo, lá do fundo, descubro o que eu gosto de verdade", como uma música, um cheiro. Uma vontade só da gente, como as que se descobre a qualquer momento.

Ficou em dúvida no que indicar no dedinho. Mas para não o deixar de fora da contagem, resolveu que era um item surpresa que sempre pode ser alguma coisa nova.
Meio que nem a vida.
Tudo fazia sentido.
Pelo menos ela quis acreditar nisso.
Yasmin estava aliviada com a descoberta.
Assunto encerrado.
Ou quase.
Porque parece que não encerra nunca. Todo dia dá para descobrir coisa nova e se apaixonar. Bem que aquela médica disse.
Então.
Última coisa.
Ou primeira.
E ela?
Quem era ela?
"Que zoado."
De quem?
De onde?
Do quê?
De quando?
Por quê?
Como era feita afinal?
Mãe, pai, irmã, o mundo todo era um celeiro. Além dela mesma.
Sorriu uma vontade que havia voltado.
Uma vontade curiosa pela pergunta, não pela descoberta.
(Aliás, por que perguntar é tão legal?)
Enquanto pai e filha lavavam a louça do jantar, enxaguando os três garfos e as três facas, ele passou o primeiro prato cheio de espuma e a garota, ao pegá-lo, perguntou:
– Papai, acho, acho que entendi um pouco melhor aquela coisa do emprestar, sabe?

Ele mal moveu a cabeça, concentrado em seus próprios motivos.
Ela mal notou, concentrada no seu próprio motivo.
– Fiquei pensando e pensando e pensando aí eu não conseguia pensar em mais nada. Foi só agora depois de um tempo sem pensar que voltei a pensar e pensando só um pouco já entendi mais do que tinha pensado antes.
– Papai, o que você acha que me emprestou?
– Acho nossas unhas tão parecidas!
– Eu transpiro igual a mamãe. Até na mão! É nojento, né?
– Tá bom, eu confesso: sabia que também odeio migalhas?
– Mas odeio chinelos!
– Papai, se eu pegar emprestada a fome de outra pessoa ela vai ficar sabendo?
– Papai, pegar emprestado é diferente de imitar?
– Papai, por que...
– PORQUE SIM! PORQUE SIM, CARAMBA! PORQUE SIM! – o pai Monstrengo berrou perdendo completamente o controle, se perdendo de raiva e jogando o copo de vidro na pia da cozinha.
É claro que ele estourou, se despedaçou em pedaços.
A mãe correu da sala para ver o que estava acontecendo e quando viu a filha chorando a abraçou. Ao fundo, ouviram a porta do quarto bater com muita força.
– O que aconteceu, meu bem? – perguntou a mãe assustada.
– Eu não sei – chorava Yasmin. As palavras não vinham, ela simplesmente soluçava.
– Calma, respire. Conte o que aconteceu.
– O papai, só perguntei aí bum! BUM!
– Tá, calma, limpa o nariz. Isso, agora me conta devagar, o que você perguntou?

– Por que a gente...
– E o que aconteceu?
– Eu não sei. Ele jogou o copo na pia. Ele tá bravo.
– Você se machucou? Pegou algum caco em você?
– Acho que não... – e voltou a chorar.
– Shiiuuu, shiuu, calma, vem aqui.
– Odeio ele! Odeio!
– Filha, seu pai foi um otário, é verdade. Um otário. Mas ele te ama e você o ama também. Não deixe esse sentimento mudar tudo o que vocês têm. Ok? Tá entendendo?
Yasmin ficou quieta, remoendo as palavras, as compreensões, os cacos imaginários que a feriram bem no peito.
– Ele não está bravo com você – retomou a mãe com a filha ainda nos braços, mais calma – Ele passou por alguns problemas hoje... ele não conseguiu aquele emprego, continua sem trabalhar. A nossa situação está difícil. Ele contou que foi até o banco pedir um empréstimo. Um empréstimo, meu senhor, mas ficou com medo e voltou desse jeito. Ele tá perdido, filha. Ele tá preocupado com você, com a gente. E aquela chuva, e minha irmã, e sua irmã... tanta coisa ruim de uma vez só... Isso não justifica o que ele fez. Nunca vai justificar. Ele vai se acalmar e vocês conversam.
– Eu não quero falar com ele.
– Foi só um desentendimento. Acontece com todo mundo. Vai passar.
Vocês se amam. Se o seu pai fosse ruim pra você, igual muito pai de amiga sua, eu seria a primeira a pegar você e sair correndo daqui.
Diferente de muitas famílias que têm o costume em beber água com açúcar para acalmar os ânimos e recobrar a cor, Yasmin ganhou um balde de pipoca.
"Assim funciona aqui, querida", justificou a mãe.
Ploc, ploc, ploc.
E...

Algum tempo depois da hora de dormir o pai voltou para a sala.

Olhou a filha com ternura e "Yasmin, vamos conversar".

A mãe o fitava com olhos de tigresa, dona daquela selva. Ele era a presa. E sabia que depois ouviria tudo o que precisava ouvir.

Yasmin espiou a mãe e depois voltou para o pai. Esqueceu de engolir as pipocas que estavam dentro de sua boca. Ele sentou-se na outra ponta do sofá. Apoiou a cabeça no cotovelo e deu uma suspirada generosa.

– Olha filha – ele começou – desculpa. Eu não devia ter feito aquilo. Tudo aquilo, para ser exato. Eu não devia ter gritado com você e muito menos jogado o copo na pia. Está bem?

Yasmin engoliu uma pipoca bem devagar. Nem gosto mais de pipoca ela tinha, pois estava imersa na baba e boca da garota que virou um isopor. Ela engolia outra escondida debaixo da língua quando o pai recomeçou a falar, sentindo que ainda não havia dito tudo o que devia:

– Só para deixar claro. Não estou bravo com você. E nem com as suas perguntas. Só tive um dia muito, muito ruim mesmo, me descontrolei, virei um monstro, um monstro patético. Quando você for mais velha vai entender melhor, mas é que o papai precisava muito do emprego e não deu. Sem querer peguei toda a raiva e descontei em você, foi mal.

– Você pegou a raiva emprestada? – por fim a filha disse espantada!

– Olha, acho que sim. E devolvi na pessoa errada, né? Não queria te assustar. Nem te magoar. Isso é uma coisa que não gosto em mim. Que odeio. É algo que tenho tentado melhorar. Sabe, lidar com a raiva de uma maneira mais tranquila. Me desculpe mesmo...

Yasmin fugiu dos olhos do pai e encarou o balde de pipoca, pensativa.

"Eu... eu não lembrava do papai assim, tão bravo."
– Filha...
"Ele disse que está tentando melhorar. Foi horrível mesmo."
– Filha?
"Qual foi a última vez em que ele fez isso?"
– Yasmin? Você tá me ouvindo?
"Rebecca! No dia em que Rebecca foi embora..."
O pai encostou na cabeça da filha e ela voltou com um ligeiro susto sua atenção.
– Filha, eu errei. Você me perdoa?
Yasmin sacudiu a cabeça, tudo ficaria bem. O pai aproximou-se um pouco mais, abraçou-a e então passou a mão por trás de seus ombros para tentar pegar uma pipoca.
– Eiiii! Não. Você não merece.
– Por que não?
– Você virou o Frankstein!
– É, acho que virei. Mas nenhuminha mesmo? Uma pipoca só?
– Não! Quando sou eu que faço besteira, é assim. Você só pode comer pipoca amanhã. Perdeu!
– Ok, espertinha! Muito bem. Ele ainda tentou uma última vez – Uma única pipoca para o seu papai querido?
– Não! E não vem com essa cara. Eu sei fazer também – Yasmin respondeu fazendo uma imitação.
– Ok, ok. Querer não é poder, não é? – resmungou ele com vontade de pipoca. – Só cuidado para não deixar cair migalhas! – não perdeu a chance de dizer.
Yasmin mostrou a língua, meio branqueada com tanta pipoca esmagada, e os dois riram uma gargalhada gostosa.
(Aliás, ele tomou uma baita bronca da esposa mais tarde. Bem-feito!)

Yasmin, Júlia e o resto da turma estavam sentadas (o Renato, preguiçoso, estava deitado) no meio da quadra da praça depois de muito brincarem.
Outras crianças corriam no parquinho e algumas empinavam pipa.
Uma senhora olhava para o alto.
– Parece que ela dormiu e esqueceu de abaixar a cabeça – disse baixinho Cynthia.
– Será que morreu? – dramatizou Andréia.
– Eu já disse para você parar de assistir esses filmes sobrenaturais. Fica assim toda impressionada – bronqueou Larissa, e Jussara concordou.
– Ué! Ela é velha. Pode ter morrido de mortes naturais, não é assim que fala?
– Isso, ou porque ela engasgou com o chiclete ao ver uma nuvem com a cara do diabo! – empolgou-se Renato.
– Gente, sério, vocês precisam assistir outras coisas! – falava com certo desprezo, revirando os olhos Larissa.
– Ah é?! – provocou Gabriel – vamos assistir os seus vídeos no Youtube de como fazer a unha sem manchar o dedo!
– Teve um monte de visualização, tá???!
– Ei, ei, faz um de como cortar a unha do pé! – ele provocou mais uma vez.

– Vou fazer um de como torcer pescoço de menino chato!!!
– Esse vai ter muito like, certeza! – emendou Jussara.
Todos riam, brincavam, se conheciam.
– Esse eu gosto!
– Eu também!
– Eu também (esse não gostava, na verdade, mas disse que sim para não ser o único a dizer o contrário).
– O mais legal que tem.
– É legal, mas prefiro outro.

Assim como trocaram confidências sobre as comidas preferidas (e as mais detestadas, para desgosto do agrião), dos lugares mais gostosos de passear.

Conversaram sobre os filmes de heróis, as comédias, aventuras e música:
– ADORO A PURPLE! – gritou Júlia.
– Quem? – perguntaram dois garotos.
– A Purple. Ela é muito famosa.
– Tão famosa que a gente nem conhece.
– Ah é? E você escuta o quê?
– Meu irmão coloca rock pra gente ouvir.
– Minha mãe também curte um rock. Bem irado!

Yasmin ali.

Distraía-se num cadarço sem nó, nas danças das pipas e nas frases soltas que eventualmente a invadiam.

Observava os amigos falando e parecia que todo mundo, de um jeito ou de outro, pegava emprestado alguma coisa de alguém.

E tudo bem.

Desde que não pegasse tudo! Assim continuava cada um de um jeito diferente, apesar de algumas coisas parecidas.
– A Purple canta muito bem. A Luiza também acha isso.
– Quem é Luiza? – perguntaram alguns.
– Lá da minha escola. Ele é muito legal. A Purple tem o cabelo roxo e a gente vai pintar igual.

– Que doidera.
– Duvido.
– Vixe!
– Você vai pintar também? – Yasmin pensava que o brinco do Renato era legal e ele era menino.
– Yasmin? Acoooorda!
– Oi, que foi?
– Vai pintar o cabelo, é?
– Por que pintar o cabelo?
As mãos começaram a ficar úmidas.
– A Júlia que disse, igual a, a..., qual o nome mesmo?
– Purple! – respondeu com nojo.
– Isso, e aí, vai pintar igual a Purple?
Um frio na barriga.
– Não – disse. Eu nem gosto da Purple – respondeu meio pensativa, meio na defensiva, meio com vergonha.
– Que zoado! Como não gosta? – reclamou Júlia. Claro que gosta, a gente ouviu em casa.
As mãos ensopadas.
– Não gosto não. E ouvi porque você colocou – e com certa coragem, disse por fim – Achei chato.
– Você nem entende de música. A Luiza e...
– Ai, para de falar dessa Luiza! Você só gosta do que ela gosta.
Júlia emburrou.
Yasmin emburrou também.
Mas não parece que alguém tenha tentado imitar a outra. Foi algo que simplesmente aconteceu.
A bunda de Yasmin começou a doer. Mas dessa vez ela resolveu não levantar.
O resto da turma voltou a conversar e falaram de outras coisas.
Até o papo se esvaziar aos poucos e perder espaço para os corpos descansados ansiosos por novas brincadeiras.

Todos se levantaram praticamente ao mesmo tempo, pois alguém gritou que "o chão é lava!"

Todos saíram correndo e pularam, como pede a brincadeira.

Quem não ouviu, distraída e emburrada foi Yasmin.

Tão concentrada em seus pensamentos, olhando o nada que tomou um susto com o pessoal quase pendurado nos lugares mais inusitados (na lixeira, na trave do gol e, acreditem, um subiu no ombro da velha dorminhoca).

Apontaram e riram dela, porque é claro que ela tinha perdido e tinha que pagar algum desafio.

– Não tenho, não.
– Claro que tem! É a regra!
– Dane-se a regra. Não estou participando do jogo.
– Ai, larga de querer ser a diferentona – provocou Júlia. – Que zoado!

Vai, paga o desafio. Cantar a música da Purple, miga, vai canta!

Todos vibraram com a ideia e pulavam excitados.

(Aliás, é incrível como o ser humano gosta de ver o outro sofrer, né?)

Yasmin era uma menina com bom humor, e mesmo quando o pentelho do Nicolas certa feita disse que o vestido dela parecia uma toalha de piquenique, assim de supetão ficou um pouco chateada.

Deu cinco minutos e desencanou, até riu do vestido (e começou a gostar mais dele), imaginando tirar de cada quadrado frutas, sucos e brigadeiros para os convidados.

Os motivos haviam se acumulado ao longo das semanas e chateada em discutir com Júlia e ouvir todos gritando e provocando, foi o motivo final para algo mais do que as mãos suarem.

Yasmin virou a própria lava.

Ficou vermelha e mais vermelha.

Prestes a explodir, começou a tremer, perdeu o senso de realidade.
Precisava colocar aquela erupção para fora, um grito foi saindo... e os seus amigos paralisaram de medo.
E curiosidade.
Ela correu até a bola que estava próxima e arremessou contra Júlia.
Bem na cara.
POWWW!
A amizade delas se despedaçou em pedaços como os de um copo de vidro trincado.
A brincadeira acabou.
Júlia foi para casa chorando, o resto ficou por ali, sem saber muito o que fazer.
– Vacilou, hein Yasmin? Nada a ver. Machucou o nariz dela.
– Vai te catar, Renato.
Yasmin também foi embora.
E bem que gostaria de ter uma porta atrás de si para bater com toda força.

Ao estranhar o jeito da filha, veio o pai perguntar se estava tudo bem:
— Um-hum.
— Conta, aconteceu algo?
— Não.
— Yasmin, fala a verdade.
— Eu tô falando.
— Não saio daqui enquanto não me contar — ameaçou o pai.
— Não aconteceu nada.
— Brigou com alguém?
Yasmin ficou em silêncio, parecia brincar de estátua, olhando para o chão, com os olhos miúdos, a garganta seca de não engolir a saliva e respirando baixinho, baixinho.
— Alguém tentou encostar em você? Falaram alguma coisa da sua mãe? De mim?
Fala! Desembucha, menina! É coisa da tua irmã??!
— Não. Não! Calma, pai.
— Então fala agora o que foi.
Yasmin respirou e contou de uma vez, tudo, pois o pai não era de desistir do interrogatório.
— A Júlia não é mais minha amiga.
— Por que não?

– Porque eu joguei a bola nela.
– Ah, ela tem razão, né? Por que você fez essa besteira?
– Ela me desafiou no jogo chão é lava e eu perdi.
– E?
– Eu estava distraída! A gente já tinha discutido por causa daquela cantora idiota que ela gosta e eu não gosto. Aí fizeram a brincadeira e de desafio ela queria que eu cantasse bem a Purple. Eu fiquei nervosa porque a Júlia me provocou e eu joguei a bola e ela não gosta mais de mim. E eu não gosto da Purple. Mas a Luiza gosta.
As mãos suadas.
O corpo inteiro quente.
A cabeça tinindo.
– Bom, que zona, hein? Quer saber?
– Hum?
– Isso tudo aí parece...
– ... meio injusto – disse ao mesmo tempo.
– É, espertinha. Não parece e não é justo. Mas...
– Quem disse que é?, eu sei, eu sei – disse sem paciência a filha.
– Sabe tudo, sabe tanto que JOGA A BOLA NA CARA DA AMIGA? É? – elevou a voz, o pai.
– É!!! Igual a VOCÊ!
Tum-Tum.
Tum-Tum.
Tum-Tum.
Tum-Tum.
– Yasmin?
A filha olhou seus olhos.
– A gente não precisa brigar por isso. Não tem sentido. Vamos nos acalmar, combinado?
A cabeça mexeu só um pouco, como se fosse empurrada por uma brisa.
O pai pegou na mão da filha um pouco mais calma, olhou-a nos olhos, e conversou.

Disse que ela havia errado, que jogar a bola poderia ter machucado mais a Júlia e ela podia ter se metido numa briga se fosse alguma garota mais esquentadinha. Se fosse garoto então, do jeito que estão desorientados, melhor nem pensar.

As coisas devem ser resolvidas de outro jeito. Mas tudo bem, fazia parte da vida, "todos os dias aprendemos um pouco". O pai, por fim, sugeriu à Yasmin uma visita de desculpas à Júlia.

– Pai?
– Diga.
As mãos suadas.
Ainda.
O coração tum-tum.
– Por que eu me chamo Yasmin?
– Não gosta do teu nome agora?
– Gosto... adoro... só queria saber se tem... se tem algum motivo por trás dele.
– Não tem nada de especial, não. Não é nome de vó sua, família, famosa, amiga.

A gente só achava bonito mesmo.
– Ah tá... – e não escondeu muito sua frustração, a menina.
– Yasmin. Yasmin! É bonito né? Acho que acertamos em cheio. Todo mundo tem os nomes repetidos, Adriana, Luiza, Roberta, Maria, Maria de sei lá o quê, João, Roberto, Pedro, e tem bastante Yasmin, mas você, você é a única Yasmin assim, desse jeito.

Ela chegou até a sorrir.

E por mais que estivesse com um pouco de medo de pisotear aquele momento de conciliação, precisava perguntar.
– E o nome da Rebecca? Também?

O pai parou, voltou-se para os olhos da filha que estava ali perguntando da que não estava mais.
- Rebecca... Rebecca...

Respirou e dava para entender que ele pensava em um monte de coisa bonita e dolorosa ao mesmo tempo.

(Aliás, isso é um tipo de definição de saudade?)

– Rebecca é o nome do primeiro filme que sua mãe viu comigo. "Rebecca, a Mulher Inesquecível". Depois de muito insistir ela aceitou. Morreu de medo porque era um suspense, coitada. Não foi o melhor filme para ela começar, mas é o que estava passando numa sessão popular no dia. Deu tudo certo no fim, ela adora filme, pra você ver, a gente casou e deu o nome para sua, sua irmã...

– Eu quero assistir!!!

– Tá bom, um dia a gente acha uma cópia, dá um jeito. Agora vai consertar as coisas lá com sua amiga, vai.

Ela sentiu vontade de abraçar o pai, sem saber muito bem por quê, mas disfarçou. Avisou que sabia bem como consertar as coisas com Júlia.

O gesto de Yasmin foi bonitinho.

Com o rosto lavado e um sorriso esperançoso, fez toc-toc-toc para conversar com Júlia.

(Aliás, o bom na infância é o rancor passar depressa.)

Os problemas são perdoados para dar tempo de brincar mais.

Por isso Júlia abriu a porta chateada e com o nariz ainda vermelho, claro, mas deu chance para a amiga falar.

– Desculpa, eu não devia ter jogado a bola em você. Vamos voltar a ser amigas?

Fiz para você! – Yasmin apostou em sua intuição.

– PIPOCA? – espantou-se Júlia.

– É! Quer?

– Quero!

As duas foram para o quarto de Júlia, onde ela escutava música.

Dessa vez, não era Purple, mas sim outras canções, inclusive uma que Yasmin conhecia, e gostava.

– Sabe, comecei a ouvir mais música por sua causa – confessou Yasmin meio tímida.
– É? Que engraçado. Achei que todo mundo ouvisse música!
– Não mesmo. Meus pais preferem televisão. Mas eles adoram pipoca. Sempre que alguém está chateado fazemos pipoca.
– Eu adorei. Acho que nunca comi pipoca aqui em casa – Júlia enchia a mão, ela sentia-se no direito.
As duas deixaram estar por algum tempo. Ouvindo as músicas e devorando a pipoca.
Ora faziam graça acompanhando a música com os barulhos das mordidas.
– Yasmin... – hesitou Júlia.
– O que é?
– Por que jogou a bola em mim?
– Ah... porque, porque – e procurava as palavras enquanto enrolava o dedo no cadarço do seu tênis azul – porque você me provocou com a história da Purple.
– Que zoado... Acho que fiquei chateada, ou achei que você queria aparecer, ser a mais legal porque não gostava dela – falou.
– É, quer saber? Nesses dias descobri que a gente não vai gostar sempre da mesma coisa. É uma coisa de pegar emprestado e... ah, deixa pra lá!
– Quê??? Tá doida, é? Cabeção de io-iô. Fui eu que tomei a bolada, não você!
– Ai, desculpa! Eu tenho a mira muito ruim, mas dessa vez foi direitinho.
– Não tem graça, meu nariz tá doendo ainda.
– Ele vai ficar Purple, você vai até me agradecer depois.
– Quê? – ficou sem entender Júlia.
– Purple, quer dizer roxo em inglês! Não sabia?
– Que zoado! Então deve ser por isso que o cabelo dela é roxo!

– Ai, Júlia, come pipoca, vai. E eu não gosto da Purple.
– Tá bom. Quando estivermos juntos a gente ouve outra coisa.
– Quando vai pintar o cabelo?
– É...
– O que foi?
– Meus pais não deixaram.
– Hahahaha, que zoado!!!
A música acabou. Da pipoca, só sobraram as que não estouraram.
– Vamos sair para brincar?
– Vamos!

— **P**ronta para zarpar? – chamou pela filha que navegava nos mares da imaginação. Enxugou a mão, botou a mochila nas costas e correu em sua direção.
— E aí, quais as novidades? – perguntou o pai enquanto lhe entregava a bala de canela.
— Eu salvei uma vez o mundo no esconde-esconde! Depois o João e o Rafael brigaram para ver quem usava o computador primeiro. Brincamos um pouco de siga o mestre, mas todo mundo preferiu parar. A Ana contou que os pais estão se separando e a gente aprendeu a fazer rimas. Eu não gostei, achei sem graça, mas a Luana, a Tati e o Alexandre gostaram.
— Ok. Bastante coisa, então. Mais alguma coisa?
— Acho que não.
Caminharam em silêncio até em casa, cada um curtindo o próprio silêncio, observando as coisas ao redor.
— Olha, fui pesquisar sobre o seu nome e li que é um derivado da Jasmin, uma flor muito perfumada e admirada.
— Que bonito...
— Também achei.
— É...
— E pensei que se você fizer questão, você pode pegar o significado do nome e colocar na vida, né? Não só do seu

nome, qualquer significado que interessar. Vitória, Maria, Marielle, Dandara, Luana.

Os olhos de Yasmin brilharam e ela ficou sem palavras.

– Se bem que para mim você vai ser sempre a Yasmin cabeça de ioiô. Eita, lembrei de uma notícia que lembrei de você. Encontram um corpo de tubarão morto num galpão esquecido. Deu uma dó do bichinho. Ele...

"Yasmin, flor de Jasmin."
"Qual é o cheiro dessa flor?"
"Qual é a cor?"
"Tem no caminho da escola?"
"Só lembro do cheiro da dama da noite."
"E do alecrim."
"E manjericão."
"Ai que fome."
"Acho que eu comia até um sorvete de pão."
O celular no bolso de Yasmin vibrou.
Uma mensagem de texto.
De...

"Ioiô! Saudade! Tô feliz de saber de vc.
Vamos tomar um sorvete no quiosque novo?
Beijinho meu. R."

(Aliás, hoje ouvi que tem gente que... ah, deixa para lá!)

AGRADECIMENTOS

Agradeço, resumidamente, a todos seres que cruzaram minha vida. Com intimidades, absurdos, desentendimentos, revoltas ou apenas de passagem com o cheiro gostoso do cabelo recém-lavado e um ato surpreendente de me pagarem um cafezinho quando não tinha trocado. De uma forma e outra, tudo é empréstimo e inspira ou faz espirrar. E um pouco mais explicitamente, sinceros agradecimentos à Secretaria Municipal de Cultura de São Paulo, pela existência e incentivo do Edital de Publicação de Livros. Um abraço carinhoso para a Marcela, do Fomento, sempre atenciosa e gentil com os milhões de questionamentos. À toda equipe da Editora Kapulana, que deu um lar de força e cumplicidade para este livro. E à Raquel Matsushita, por dar a mão a uma parceria desde o começo do projeto.

Marcelo Jucá

Copyright©2019 Editora Kapulana Ltda.
Copyright do texto©2019 Marcelo Jucá
Copyright das ilustrações©2019 Raquel Matsushita

Grafia atualizada conforme o Acordo Ortográfico da Língua Portuguesa, decreto nº 6.583, de 29 de setembro de 2008.

Coordenação editorial: Rosana Morais Weg
Projeto gráfico, ilustrações e capa: Raquel Matsushita
Diagramação: Nayara dos Santos Ferreira | Entrelinha Design

Dados Internacionais de Catalogação na Publicação (CIP)
(Câmara Brasileira do Livro, SP, Brasil)

Jucá, Marcelo
O que pegamos emprestado dos outros / Marcelo Jucá; [ilustração] Raquel Matsushita. São Paulo: Kapulana, 2019.

ISBN 978-85-68846-76-6

1. Literatura infantojuvenil I. Matsushita, Raquel. II. Título.

19-28250   CDD-028.5

Índices para catálogo sistemático:
1. Literatura infantil 028.5
2. Literatura infantojuvenil 028.5
Cibele Maria Dias - Bibliotecária - CRB-8/9427

2019
Reprodução proibida (Lei 9610/98)
Todos os direitos desta edição reservados à Editora Kapulana Ltda.
Rua Henrique Schaumann, 414 – 3o. andar – CEP 05413-010, SÃO PAULO, SP, BRASIL
editora@kapulana.com.br / www.kapulana.com.br

REALIZAÇÃO

Este projeto foi realizado com apoio da Secretaria Municipal de Cultura – 2º Edital de Publicação de Livros Para Autores Não Estreantes.

Este livro foi composto no Estúdio Entrelinha Design com as tipografias Source Sans e Sabon, impresso em papel offset 90g, em setembro de 2019.